KB133611

아픔진입 금지 구역

아픔진입 금지 구역

초판 1쇄 인쇄일 2014년 03월 17일
초판 1쇄 발행일 2014년 03월 19일

지은이 김시은
펴낸이 양옥매
디자인 신지현

펴낸곳 도서출판 책과나무
출판등록 제2012-000376
주소 서울특별시 마포구 월드컵북로 44길 37 천지빌딩 3층
대표전화 02.372.1537 **팩스** 02.372.1538
이메일 booknamu2007@naver.com
홈페이지 www.booknamu.com
ISBN 979-11-85609-20-1 (03810)

이 도서의 국립중앙도서관 출판시도서목록(CIP)은 서지정보유통지원 시스템 홈페이지(http://seoji.nl.go.kr)와 국가자료공동목록시스템(http://www.nl.go.kr/kolisnet)에서 이용하실 수 있습니다.
(CIP제어번호 : CIP2014008528)

OPEN DIARY

아픔진입 금지 구역

김시은 지음

책과나무

| 머리글 |

일기장…… 낙서처럼 편안함으로 써내려가는 글들이 가득 하지요?

하루를 보낸 나의 이야기 또는 세상살이 함께하는 친구의 이야기, 어울려 살아가는 사람들의 이야기가 편히 쉬어 내는 숨처럼 편안함으로 그려지기도 합니다.

일기장…… 손바닥크기 만한 작은 공간에 하늘을 담는 마음의 넓은 공간을 담아내기도 하는 소중한 공간이 되기도 합니다. 시처럼 아름다운 글이, 때로는 수필처럼 편안함의 글이 두서없는 낙서처럼 쓰여 지기도 하지만, 살아감 속의 진한 감성들이 고스란히 녹아 나기도 하는 공간입니다.

일기장에 담겨진 하루, 하루 이야기들이 모여 재미나는 인생 이야기로, 아름답고 소중한 추억거리로 저장되기도 합니다.

슬픔, 기쁨, 희망, 사랑, 이별, 아픔, 좌절,, 때때로 필요한 위로와 용기도 사람이기에 가질 수 있는 아름다운 감성들이기도 하죠.

어울림 속 나와 함께한 그대들의 감성 이야기들을 일기 속의 글처럼 편안함으로 써내려간 시와 수필일기 랍니다. 편안함으로 읽어 주시길 바랍니다.

| 차례 |

Open Diary

내 작은 일기장에게 '그대'라 이름 지어봅니다

누군가에게

하고 싶은 말이 많아도 할 수 없을 때

작은 수첩하나를 꺼내어

습관적으로 써내려가게 되더군요

누군가

들어 주길 바라는 이야기들을

깨알같은 글씨에 굴림을 넣어

예쁜 모양 글씨체로 써내려 갑니다

하루를 이야기하고

마음을 이야기하고

인생을 이야기 하죠

다스리기 힘든 마음을

시원스레 털어놓기도 합니다

수다스럽게 떠들고 싶지만 그럴 수 없을 때
볼펜 한 자루로 수다를 떨기 시작합니다

'그대를 사랑합니다'
밝게 빛나는 눈으로 마주하고 말 하고픈
수줍은 고백들마저도 작은 수첩에 남깁니다

살아감의 수다스러움을
한바닥 가득하게 떠들어 대는 동안에
밀려오는 졸음과 하품이 쏟아지고
단꿈에 들고 싶은 곤한 시간이 다가옵니다

몸이 싸늘하게 움츠려 드는
이른 초겨울 어둠이 짙은 시간들
한겨울 추위가 빨리 가셨으면 좋겠습니다

따사롭던 봄바람이 꽃눈을 만들던 그 날
수줍게 그대의 얼굴을 익히던 설렘의 지난 날
오늘따라 새록새록 기억으로 떠오르는
그 날의 따신 봄바람이 그리워집니다

내 작은 일기장에게
'그대'라 이름을 지어 봅니다

얼굴 마주하고
할 수 없었던 오늘 이야기들을
'그대'라 이름 지어진 나만의 '그대'에게
깨알같이 떠들어 대고 있는 수다쟁이 나는
이제 단잠에 듭니다

작은 미소가 입가에 번져옵니다

가을의 신부

순백의 가을 꽃잎이
그대를 둘러 고운 자태를 만들어 낸다

고운 발걸음으로
사분사분 인생의 짝을 향해 다가선다

미소로 떠오르는
사랑의 고운 흔적들이 한걸음, 한걸음

처음 만나 설레던
떨림으로 밟아 삶의 동반자를 향해 다가선다

눈가에 맺힌 이슬은
순백의 가을 꽃잎 같은 품으로 또로록

기쁨의 눈물로 떨구어 낸다

마음을 나누기하는 그대에게

삶의 방법…… 뚜렷하게 이론으로 만들어 놓은 방법론이란 없답니다. 겪어봐야 모든 걸 알게 된다죠? 내가 고생스럽게 겪어 봐야 안다네요. 다른 사람들이 겪는 힘겨움들을요. 내가 뼈저리게 아파 봐야 안다네요. 다른 사람들이 앓고 있는 아픔들을요. 마음과 눈을 깨끗이 씻어내고 바라보는 살아감 속의 사람들, 나보다 조금 더 힘든 사람들을 바라볼 때, 나를 느끼듯 그들을 느낄 수 있다지요. 겸손함으로 모든 걸 내려놓고 비울 때 비로소 보이는 것들이 많아진다죠? 항상 생각하고 바라보는 모든 입장이이기적이었던 '나'였던 것만 같아요. 부끄럽게도요.

마음 나누기로 곧은 길을 걷는 그대에게……

진심 담긴 마음의 삶을 간직한 그대를 바라보며, 참 많은 것들을 배워갑니다. 천성이 고와 여린 마음을 간직한 그대를 바라보며, 참 많은 것들을 배워갑니다. 아름다운 삶을 엮어가는 그대를 바라보는 내 눈이 기쁨과 행복을 바라보고, 가득한 나눔의 사랑을 바라보기 시작합니다. 어느 날, 삶 속에서 바라본 고운사람…… 가득한 그대의 사랑을 나

눔으로 함께하는 착한 그대가 정말 아름답고 예쁩니다. 그대로 하여금 배워가는 삶이 가을 하늘 푸름의 빛깔만큼이나 아름답고 시원하게 느껴집니다. 마음 나누기로 삶을 채워가는 그대로 하여금 마음을 나누면 곱절의 행복이 다가온다는, 평범하지만 아름답게 살아가는 삶의 방법을 배워갑니다.

사랑해도 되는 사람

울적한 눈물이 고이는 날

말 재주 없는 어설픈 유머일지라도
나를 웃게 만들어주려 애쓰는 사람

허전함에 한숨짓는 내 모습에
한 달음에 달려가
떡볶이 튀김 순대 범벅 잔뜩 사들고 오는 사람

먹기 싫은 음식을 먹을 때엔
맛있는 척함께 먹어주며
입맛 돋게 해 주는 사람

하루가 시작되는 아침엔
밝은 목소리로 '힘내자 즐겁자'
잊지 않고 안부 하는 사람

부슬부슬 빗물이 조용히 스며드는 날
찻잔에 원두 향기를 부어 주는 사람

산들바람 불어와 들뜬 기분이 드는 날
감미로운 노래를 흥얼거려 주는 사람

나를 바라보는 소리 없는 두 눈 가득
햇살처럼 반짝이는 빛이 머무는 사람

사랑한다 말할 때는 진실한 마음을
가득 버무려 아름답게 속삭여 주는 사람

맘 아프지 않을 때까지

우리 헤어져야 한다 해도
조금만 더 있다가 헤어져요
갈수록 아픈 맘이 더해져서
힘들어 못살겠습니다

우리 꼭 헤어져야 한다 해도
조금만 더 있다가 헤어져요
숨을 쉴 수가 없어서
힘들어 못살겠습니다

우리 정말 꼭 헤어져야 한다 해도
조금만 더 있다가 헤어져요
꼭 죽을 것만 같아서
힘들어 못살겠습니다

맘 아프지 않을 때까지

죽고 싶을 만큼 힘들지 않을 때까지

그.때.까.지.만.이라도

조금만 더 있다가 헤어져요

맘 아프지 않을 때까지

그.때.까.지.만.이라도……

숨 쉬지 않는 영혼의 빛이어도
나는 그대를 영원히 사랑합니다

나는 밤하늘 조그만 별이 되었습니다
슬퍼 보이는 별 하나가
그대의 두 눈에 조그만 반짝임을 보이고 있다면
그대에게 보내는 내 영혼의 빛이랍니다
달빛보다 포근함을 가지고 있는 은은함을
그대의 창가에 밝게 드리웁니다
그대의 포근한 품에서 느껴지던 숨결을 뒤로하고
나는 이 먼 곳까지 와버렸습니다

그대에게 마음의 상처를 남기고 올까봐
그대에게 슬프기만 한 눈물만 남기고 올까봐
그대 곁에서도 보일 듯 말 듯 한 미소만을 남기고
너무 멀리 와버렸습니다
아픔의 골이 깊은 내 몸을 대신해
아름답고 싶은 내 마음의 눈물을 대신해
그대 역시도 눈물을 감추는 미소만 짓더군요

세상에서 가장 평범한 행복을
오래도록 꿈꾸어 오던 나였답니다
그래도, 그래도, 그래도……
그대 곁에 잠시 머물렀던 짧았던 순간이
가장 행복했던 순간들이었음을
잊지 않으려 합니다

아무리
그대의 창가에 내려앉아
머무르려 안간힘을 써도
새벽이 밝아오면 다시 떠나야만 하는
길이 머물 수없는 그대의 창가에는
정말 아름다움만 가득한
그런 일만 있었으면 좋겠습니다
착하기만 한 당신이, 아름다운 당신이
행복하기만을 나 간절하게 기도합니다

지금도 나는 너무 먼 곳에 머물러

그대에게 다가갈 수 없기에

안타까운마음만 가득합니다.

세월 속엔 아름다운 삶이 숨어있답니다

조금만, 조금만, 조금만 더

아름답게 숨 쉬다가 오신데도

나는 별빛이 되어 그대에게 다가가렵니다

그대를 끝없는 기다림으로 바라보렵니다

착한사람, 아름다운 당신은

못난 내가 걱정스럽기만 한가봅니다

멈추지 않는 그대의 눈물을

어루만져 닦아주고 싶습니다

당신에게 별빛이 되어

드리우는 빛으로 창가에 앉아
들려주고 싶은 말이 있답니다

슬퍼말아요……걱정 말아요…… 당신

나는 밤하늘 조그만 별이 되었습니다
작은 빛과 함께한 별 하나가 두 눈에 보이거든
눈물은 더 이상 흘리지 말아요
아무런 걱정 없이 포근하게
그대가 고운 잠에 든다면 좋겠습니다
숨쉬기 힘들 정도로 너무도 그리운 내 사람
당신을 너무 사랑합니다
너무나요

단, 한 번도 그립지 않은 적이 없었다

아침이면 눈을 떠야만 한다는데
부족한 잠은 다시 눈을 감아버리게 만든다
억지로 떠내야 하는 눈을 부비대는 게으른 순간에도

난 네가 제일 먼저 그립다

세끼는 먹어야만 사는 삶이라더라
허기진 배를 채우려 분식집에 들어가
라면 한 사발을 서둘러 비우지만
라면 가락 하나하나를 후루룩 바쁘게 삼켜대는 순간에도

난, 네가 그립다

넉넉한 현금도 필요한 세상이라더군
바쁜 발걸음을 만들어 가고 있는
삶의 문전에서 금전의 욕심을 채워가는

냉정함의 순간에도

난, 네가 그립다

하늘 한번 바라보는 여유도 없는 삶이다.
그래도 가끔 하늘빛이 고와 바라보는 시선이
푸른빛을 가득하게 담아 버린다지만
그 고운 빛깔에 속는 순간에도

난, 네가 그립다

하루 정리는 차분히 해야 한다지
마주했던 나만의 시간들을 정리하는
어둠이 내리는 내 작은 공간에서도
네 미소가 떠오르는 순간부터

난, 네가 그립다

내일을 위해 포근한 잠은 자야 할 텐데
네 생각에 눈을 감았다 떴다 감았다 떴다
힘겹게 잠이 들어야 하는 순간마저도
언제쯤 널 볼 수 있으려나
난, 네가 그립다

난, 네가……

단, 한 번도 그립지 않은 적이 없었다

여자의 눈물

슬픔이 가득한 여자……
그대는 슬픈 눈물을
가슴 속에 꼭꼭 숨겨 감추고만 있다
여리기만 한 여자여서
때론 마른 가슴을 쳐내고 쳐내다가
남아있는 눈물샘을 터뜨려 버린다
서글픈 샘 깊숙하게 숨어있던
눈물샘이 터져버리고나면
한없이, 쉼없이 쏟아지는 여자의 눈물……

빗물과 함께 쏟아내는 눈물이 흘러
참아내려 입을 막고 두 눈을 가려보아도
넘쳐나는 눈물을 참을 길이 없을지도 모른다
아무도 없는 공간에서
보이고 싶지 않은 눈물을 흘려내고 있는
감추고 싶은 눈물이겠지만

여자의 눈물은 서러운 진심일 뿐이다
가끔은 흐린 하늘 낮은 먹구름 뒤로
눈물을 묻어내고 마는
여리기만한 존재여서 힘이 든다지?
울어버리고 나면
더 이상 쏟아낼 아픔은
없을 것만 같은 여자의 눈물은
감추고 싶어도 감출 수 없는
서러운 가슴일 뿐이라지
눈에서 넘쳐흐르는
서럽고 한 맺힌 가슴의 눈물
그 모습은 여린 모습이 아닌
모든 걸 이겨내고 싶은 갈망의 모습으로
힘겹도록 다가온다
온 맘을 흘려내는 눈물은 약한 여자의 모습이
절대로, 절대로 아니다

타들어가는 서러움 때문에
한꺼번에 무너지는 일이 없도록
두 눈에 피멍이 들어 충혈 되지 않도록
살짝 살짝 닦아 눈물을 훔치자
흘려버릴 만큼 다 흘려버리자

그리고 아무렇지 않은 듯
다시 맑은 미소로 세상을 맞이하는
가슴으로 웃어내 보자

사랑스러워 미쳐

조그만 네 입술이
재미있는 이야기를 재잘재잘 떠들어댄다
가끔씩 삐죽삐죽 수줍게 번지는 작은 미소엔
장난기가 가득하게 담겨있지만
귀엽기만 한 작은 네 모습이……

길을 건넌 너의 발걸음이
빠른 걸음걸이를 만들며 종종걸음을 만든다
우스꽝스럽게 따라오는 아이 같은 모습으로
가득한 웃음을 만들어 버리지만
천사처럼 예쁜 네 모습이……

어쩌다 내민 장미 한 송이에
활짝 피워내는 함박꽃 웃음을 만들어 낸다
좋은 척 웃어주는 웃음일까 모르겠지만
행복한 듯 보이는 네 모습이……

오늘따라 삐져있는 네 모습이
가끔씩 안절부절 속이 타들어가게 만든다
내 맘을 흔들어버리는 네가 정말 밉지만
새침한 듯 얄미운 네 모습이……

그런 네 모습이 너무 사랑스러워
난, 네가 너무 사랑스러워 미쳐

서랍 속에 묻어 두었던 그리움 꺼내보기

빈둥빈둥 게으른 휴일

문득 눈에 딱 걸리기에

널부러진 책상 서랍을 뒤집어 정리한다

뒤죽박죽 섞여있던

서랍 속 오래된 일기장과 수첩

그리고……

사진첩 하나를 찾아냈다

서랍 속에 묻어두고

까마득하게 잊어버렸던

그리움의 흔적들을 찾아냈다

……

그럼 그렇지

이젠 아픔도 사라졌구나

신기하게도 사라져버렸다!

아픔 없는 사랑을 위한 심각한 고민

더 많이 그리워해서 더 아리는 가슴이라고
친한 친구가 멋들어지게 이야기하더군요
타는 그리움에 더 깊이 외로워지는 이유도
타는 노을이 더 쓸쓸함으로 보이는 이유도
그대를 내가 더 그리워하기 때문이라네요

바보 같은 핑계지만 이별의 아픔이 난 싫습니다
그래서 이젠 그대를 조금만 덜 사랑할까 합니다
만약에 그대를 너무 사랑해서 아픈 내 모습을
그대가 바라본다 해도 그대 역시 아플 거니까요
그래서 이젠 그대를 조금만 덜 사랑할까 합니다

언젠가 이별이 다가와
나와 그대를 아프게 할지도 모릅니다
불현 듯 이별이 찾아올지도 모릅니다. 그래서요
견딜 수 있을 만큼만 그댈 사랑할까 합니다

숨도 쉬지 못하고 힘이 들어
아무것도 못하는 이별앓이 정도는
거뜬하게 이겨낼 만큼만
견딜 수 있을 만큼만
그댈 사랑할까 합니다

이제부턴 조금만 덜 사랑해야 할 것 같습니다
이제부턴 조금만 덜 그리워해야 할까 봅니다
이제부턴 조금만 덜 바라봐야 할 것 같습니다
마음은 그렇게 외치지만 한없이 좋은 그대라
이제부터 어찌할까 고민에 빠지는 나랍니다

한참을 고민해 보아도
그대를 더 많이 사랑하는 건
내 운명이라서 어쩔 수 없나 봅니다

참, 근데요

더 많이도 말고 더 적게도 말고 평등하게

서로 미친 듯 하는 사랑 그거 괜찮겠네요

싫으면 말구

그대를 쌓는 추억 탑

순간순간을 만드는 삶을 기억하며 살고 싶습니다. 모아놓은 소중한 순간은 푸른 하늘가에 그려보는 고운 그림이 될 테니까요. 억척같이 살아내던 삶을, 무료하고 지루하던 삶을, 달콤하고 부드럽던 삶을, 움직임 없는 바위의 묵직함으로 부서짐 없는 거목의 견고함으로 햇살 같은 미소의 아름다움으로 조각조각 단단히 쌓아 보려합니다.

마음에 쌓는 추억 탑 하나를 소중함 가득 쌓아 보려합니다. 비가 내려 싸늘해진 오늘은 사랑스런 그대 모습을 담아 고운 기억 조각 하나 만들어 곱게, 곱게 쌓아 올려봅니다. 그립기만한 그대 모습으로 고운 기억 조각 하나 다듬어 추억 탑 한 곳에 쌓아봅니다.

세상을 바라봐

왜 자꾸만
그런 눈으로 바라보는 거니
나, 너 보다 잘난 게 정말 없는 사람인데

나, 너 잠잘 때에 시간 쪼개내어
조금 더 내 시간을 만들었을 뿐이야
나, 너 부족함 없이 온갖 행복 누릴 때
빠르게 발걸음 움직이며
두 다리가 아플 정도로 뛰어 다녔다는 걸 너도 알잖아
그래도, 내게 남아있는 일들이 너무 많더라

그런 눈으로 바라보는 건 왜인데
나, 너 웃으며 사람들과 유희를 즐길 때
하나 더 배우려고 발버둥 쳤을 뿐이야
나, 너 맛난 것 먹으며 즐거운 이야기 나눌 때
하나 더 생각하며 고민한 죄 밖에 없거든

제발 그런 눈길 주지 마라.
어디 세상에 잘난 사람 한 둘만 보이더냐
많아도 너무 많더라
차고 넘치는 게 잘나고 멋진 사람이더라
잘나가는 사람들, 멋진 삶을 사는 사람들……
너무나 많은 게 이 세상이더라

나, 멋진 사람 되려면 아직도 한참을 더 가야만해
너 보다 한참 부족해서 더 많은 걸 알아야 해
그러니까 나를 바라보며 질투할 이유가 없는 거야
너도 할 수 있잖아. 너도 잘 할 수 있잖아
뭐든 할 수 있는 너잖아

왜 하필 날 바라보는 거야
세상을 바라봐!
세상을 움직이는 사람을 봐
그게 너를 위한 행복이야

하늘을 담아낼 수 있는 건 마음뿐이랍니다

남 보기에 늘 아름다워 보이는 그림도
내 보기엔 흔들린 구석 투성이로 보이는 게
바로 내가 그린 삶의 그림이 아닌가 합니다

남 보기에 행복해 보이는 삶 같아도
내 보기엔 해도 해도 채워지지 않는
빈 수레 같은 삶처럼 느껴지는 게
인생이란 혼란스런 그림이 아닌가 합니다

좀 틀려도 괜찮을 거랍니다
내가 그리고 싶은 그림일 뿐이었으니까요
좀 흔들려도 괜찮을 거랍니다
그래도 땀이 맺혔던 삶이었으니 말입니다

시간을 펼쳐 조금은 조심스럽게
색감을 입혀가고 있는 나와 어울림속의 그대들

가까운 곳에서든 먼 곳에서든
어울림 속의 함께라는 이름으로 펼쳐가는
내 삶 속의멋진 그대들

맑은 하늘을 곱게 그려 담아낼 수 있는 건
마음뿐이라고 합니다
더 넓고 아름다운 하늘빛을 담아내는
주어진 삶의 그림을 멋지게 그려보는
그대와 나의 시간들이
아름답게 그려지길 소망합니다

삶이 어디 너그럽기만 하던 가요?

한숨을 쉼 없이 쉬어대며 하는 한 친구의 넋두리를 듣습니다. 힘이 들어 죽겠답니다. 끝이 없을 것만 같은 인생살이가 정말 재미없어 죽겠답니다. 이제 좀 힘든 일이 없으려나 했더니만 또 다른 힘든 일이 찾아와 괴롭히더랍니다. 이제 좀 삶의 무게를 내려놓아도 되려나 했더니만 또 다른 무게가 찾아오더랍니다. 오후 여섯시 삼십분쯤을 지나치고는 있는 시간입니다. 쉼 없이 가버리는 지금이라는 시간이네요. 깊은 가을의 어둠이 조금씩 다가오는 시간. 더 깊은 어둠을 향해 달려가는 지금. 지금 나와 같은 어둠을 바라보는 그대들. 그대들은 지금 행복하고 기쁘기만 하십니까? 행복함도 즐거움도 지치기도 하는 삶도, 간혹 느껴지는 공허함이란 텅 빈 듯한 느낌으로 다가오기도 하지 않던가요?

어깨를 짓누르는 무거움으로 다가오는 허탈감이, 공허함으로 다가오진 않던가요? 그렇죠? 그대들도 그렇죠? 모두에게 주어진 상황이 달라 느끼는 인생의 모양새도 가지각색으로 다양하게 펼쳐지고 있습니다.수많은 길 위에서, 움직이는 살아감 속에서, 다들 어려움을 직면하며 살아가고 있는 삶임을 알고는 있을 듯합니다. 혼자만 겪고 있는 어려움처럼 여겨버리게되는 건 너도 나도 마찬가지랍니다.그런데도 가능하면 밝고 즐거운 생각으로삶을 즐기려 노력하며 살고들 있지 않습니까? 삶이 어디 너그럽기만 하던가요? 기쁨만이 넘치는 삶도 없을 뿐더러 슬픔만이 넘쳐나는 삶도 없습디다.

넋두리

이보게

난 이제 죽을 일만 남은 거 같네

해놓은 거라고는 자식새끼들

출가시킨 거 밖에 없으니, 원……

자식 놈들도 하나 둘 가고나니

지들 앞가림하기 바쁘고

키워 놓아봐야 소용하나 없다는 말이 실감난다네

아비, 어미 타들어 가는 심정이나 알아주던가?

손 안에 자식일 때나 내 새끼였지

세월이 바람처럼 순식간 불어 왔다가

잠깐 내 곁을 감고 지나가는 것 같지 뭔가……

주름지고, 나이 먹고, 다리에 힘도 빠지고
시름시름 아파오는 몸뚱이는 서글프기만 하고
허리는 휘어만 가니 한숨만 나오는 날세
허,허,참……

정말 이제 죽을 일만 남은 거 같지 않던가
나이 팔십이 꼴깍 꼴깍 넘어가고 있네만
젊은 시절 혈기왕성 할 때에는
대체 뭐 하고 살았는지 아무런 기억이 없다네
자네도 그러던가?
이보게, 장터에 금복주나 한잔하러 가세나……

편지

그대에게 가슴 가득 정성을 담은 편지를 쓰고 싶어졌습니다. 예쁜 색깔 색감 펜을 꾹꾹 눌러 계절이 녹아드는 인사를 하고 싶어져 문득 편지를 쓰고 싶어졌습니다. 여린 연두 빛 편지지 가득하게 하고픈 이야기를 주절주절 늘어놓는 수다스런 편지를 쓰고 싶어 고운 색감 펜 하나를 잡아 봅니다.

내 이야기를 곱게 접어, 꼭! 그대 두 손, 꼭! 그대 그 마음으로만 도착하게 된다면 좋을 내 마음의 비밀 같은 이야기에 설렘을 담아 보내고 싶어졌습니다. 내일이면 곱게 붉은 입술을 간직한 낭만의 우체통을 찾아 그대에게 설렘의 편지를 보내게 될지도 모르겠습니다.

편지2

–Love Letter

그대에게

가슴가득 뛰는 설렘을 차곡 눌러 담은 편지를 쓰고 싶어졌습니다. 계절이 소리 없이 스며드는 날에 문득 오랜 동안 볼 수 없었던 그대 모습이 떠올라 편지를 쓰고 싶어졌습니다. 눈에 뜨인 똑딱 검정볼펜 하나를 들어 봅니다. 똑딱 똑딱. 수도 없이 똑딱거리고 있지만 왼손으로 괸 턱은 고민을 만듭니다. 어떤 말부터 써내려 가야할지 몰라 머릿속은 새카맣게 고민에 빠져버립니다. 똑딱 똑딱. 또다시 똑딱거려도 보고 손가락 사이로 빙그르 빙그르 돌려도 보고 눈동자는 파스텔 편지지 위를 뚫어져라 바라보고는 있지만, 아직도 내 머리 속엔 새카만 그림자만 가득합니다.

첫 번 째줄. 보고 싶은 그대에게 라고 시작을 해봅니다. 이제부턴 또 무슨 말을 어떻게 써야 할지아무것도 떠오르질 않습니다. 또다시 왼손은 고민의 턱을 굅니다. 한참을 고민, 고민,고민…… 또다시 고민하다가 생각하면 웃음만 나오는 정말 멋대가리 없는 편지를 써버리고 맙니다. 정말 커다란 용기를 내어 써내려 간 몇 글자는

그.대.를.사.랑.합.니.다.

그대를 향한 사랑은
내겐 언제나 미완성입니다

오래전 그대를 그리던 마음으로 시작이 되던 사랑은 왼편 가슴으로 설렘의 작은 울림을 만들며 다가왔습니다. 넉넉한 미소와 행복의 소리들이 내게 숨죽여 다가왔을 때에는 그대에게 줄 수 있는 모든 마음을 남김없이 주고 싶은 후덕함뿐이더랍니다. 작은 사랑의 선물들을 예쁘게 포장하고 솜씨 없는 음식을 정성들여 만들어가며 종일 그대가 기뻐할 말들을 생각하곤 했었죠. 그대에게 기쁨만 주고 싶었으니까요. 간혹 그대가 피곤함에 힘겨워할 때에는 그놈의 피곤함마저 몽땅 가져와 버리고 싶은 안쓰러움의 마음마저 들어버리더랍니다.

그대를 사랑한다, 사랑한다, 사랑한다, 수천 번 수만 번 끝없이 외친다 해도 또 다른 근사한 말을 찾기도 하는 바보 같은 내가 되어버리기도 합니다. 넘치는 즐거움의 마음 한 켠으로, 가끔씩 밀려드는 외로움이라는 모자란 마음마저도 사랑이란 그늘 밑에서 자라나는 마음임을 하나 둘 알아갑니다. 그대가 미소 짓는 모습을 바라보는 내 눈동자는 밤하늘 별빛을 담은 맑은 빛으로 빛납니다. 완성된 사랑의 모습이 무엇인지는 모르겠습니다.

다만 그대가 아프지 않기를 바라는 마음, 그대가 언제나 행복만 하기를 바라는 마음, 그대가 사랑의 그늘 아래 편히 쉴 수 있기를바라는 마음, 그런 것들만 생각할 뿐인 내가 되어 버립니다.그대를 향한 사랑은 내겐 언제나 미완성이지만 그대를 깊이, 깊이 사랑합니다.

마음에서 먼저 시작되는 행복이랍니다

하루를 기쁘게 보낼 수 있다는 건
아침을 여는 마음이 먼저
기쁨의 준비를 하고 있기 때문이지 않을까 합니다

내려앉은 묵직한 비구름이
물러서는 가을의 찬 비를 뿌리실 모양이지만
맑은 미소를 품은 마음이 먼저라면
우울함 쯤은 멀리 보내버릴 수 있지 않겠습니까?

다가서는 겨울이 깊어진 가을을 밀어내고
시려오는 바람으로 불어오기 시작한다 해도
따듯함을 생각하는 마음이 먼저라면
매서운 바람쯤에 웅크리지 않아도 될 거랍니다

남은 세월을 행복으로 채워갈 수 있음은
하루를 만들어가는 마음이 먼저
기쁨으로 채워나갈 준비를 하기 때문이지 않을까 합니다

또 다른 하루가 시작 되겠네요.
마음이 먼저 맑은 기쁨으로 채워지는
그대의 하루가 되기를 진심으로 기도해 봅니다

마음에서 먼저 시작되는 행복이랍니다

새는 새장 속에 가두지 말아야 한다

새장 속에 가두어진 여린 새. 새장 문을 열어 놓아도 일반적으로 날아갈 생각을 하지 않는다. 혹여 날아간다 해도 어느 하늘을 향해 날아올라야 할지 좌표를 알지 못한다. 자유가 그리워 새장 밖을 탈출한 새가 편안하게 모이를 먹던 새장이 다시 그리워진다 해도 돌아오지 못하는 까닭은 넓은 세상을 한 번도 구경해 본 경험이 없기 때문이다. 날아본 적 없는 하늘의 길이 보일리가 없지 않은가. 경험해보지 못한 하늘새들의 넓은 세상은 새장 속에 갇혀 지내던 새의 날개 짓을 늘어지게 할 수밖에 없다. 늘어져버리고 힘마저도 없는 여린 새의 날개 짓은 굶주림의 곤경에 빠져버리게 만들지도 모른다.

드넓게 펼쳐진 하늘을 자유로 날던 새. 간혹은 거센 비바람과 눈보라를 피해야만 하고, 따듯한 바람이 부는 남쪽을 향한 힘겨운 날개 짓도 해야만 한다. 하늘 끝에서 땅위를 이 잡듯 뒤져내어 배를 불려야할 모이사냥을 해야 하기도 한다. 창공의 바람을 타고 날아오르는 새의 날개는 비바람에 젖은 날개여도, 더욱 더 힘찬 날개 짓을 해낼 뿐이다. 넓은 하늘을 유영하던 새의 본능적 감각은 따신 바람이 부는 방향이 보이지 않는다 해도 하늘의 좌표를 수월하게 익혀낸다. 먼 곳을 응시하던 새의 눈은 땅위의 조그만 움직임마저도 정확히 바라 볼 수 있는 예리한 눈의 움직임을 갖는다. 주린 배를 움켜쥐지 않아도 땅 위의 모이를 쉽게 찾아낼 수 있는 능력을 갖는다.

새장 속에 새를 가두어 아름다운 날개 짓을 빼앗는 일은 새의 날개를 꺾는 일이다. 새는 새장 속에 가두지 말아야 한다.

출근길 낙서

부끄럼 없이
아무런 거리감 없이
얌전한 척 내숭을 떨지 않는다 해도
밥 한술을 함께 마주할 수 있는 사람이 너

오물거리다 흩어져버린 음식들
조심 없이 덜렁대는 내 모습을 보인데도
창피하지 않게 마주하며 웃을 수 있는 사람이 너

부산한 출근길
벌써부터점심시간 맛있는 시간을 그려보며
따끈한 한술 밥에 수다를 반찬 삼아 먹는
맛있는 시간의 너를 떠올려 보며 미소 짓는 나

편한 사람으로 삶 속에 존재한다는 건
밥 한술을 수다스런 담소와 함께 나눌 수 있는
털털한 사람이 아닌가 하는 생각을 하고 있는 나

밥 한술을 함께하는 사람으로
일상을 이야기 할 편한 사람으로
너에게 초대받고 싶은 이른 아침 출근길 생각에 잠긴 나

어느 때부터인가
가장 편안함으로 밥 한술 친구가 되어버린

너와 나

너만큼 행복한 사람이 또 있을까

곰곰히, 곰곰히 깊게 생각해 봤지. 네가 하도 힘들다 지친다, 아프다 하기에 말야. 네가 정말 불행한가 하고 곰곰히 생각해 봤거든? 정말 네게만 지독한 아픔들로 가득한지 말야. 그런데 그렇지만은 않더란 말이지. 너만큼 행복한 사람도 없다는 생각이 든단 말야. 이른 봄 피어나는 꽃들이 화려한 향기를 뽐내다가 시들어가지만 봄바람에 흩날리는 마지막 눈꽃을 아름답게 흩날리다가 사라지잖아. 아름답게 사라지던 봄의 눈꽃이 가득했던 그 황홀함의 거리를 함께 걸었던 걸 기억하지?

알맞게 익어간 여름 과일들이 타들어가는 목마름으로 심한 갈증을 느끼던 여름의 날들, 불편하고 지루하기만 하던 지난여름의 날들, 잔뜩 찡그린 얼굴만을 만들던 너에게 갈증을 해소시켜주던 청량감으로 다가오기도 했었잖아. 수분 가득한 수박 한입 베어 물며 목마름을 잊어가던 그날의 맑은 웃음들, 기억하니?

바싹 마른 가을 잎새들이 쓸쓸히 떨어지며 울컥함을 만들기도 했었지만 그런 날에는 향기를 느끼는 감성을 선물 받기도 했었잖아. 바스락 소리가 들려오는 마른 잎을 밟아가며 누군가의 고운 글귀들을 눈으로 담아내던 날, 긴 나무 의자에 앉아, 가슴으로 느끼던 감성의 이슬들 지금도 난 기억하는데…… 너도 기억하고 있는 거지?

꽁꽁 얼어붙은 한 겨울, 바람포근한 이불의 품속에서 헤어나지 못하는 느림보 거북이가 되었을 때에도 흰 눈이 곱게 나풀거리는 모습들을 바라보며 천상의 고요함을 느끼던 아름다움마저도 함께 바라보기도 했었잖아. 흰 눈송이가 하나 둘 얼굴로 떨어지던 날차가운 눈물방울처럼 느껴지던 눈꽃송이 때문에 기쁨을 누리는 듯 하는 기분을 서로 함께 느꼈던 걸 기억하고는 있는 거니?

세상의 모든 아름다움을 너와 함께 바라보았고 네가 지치거나, 힘겨워하던 그런 날엔, 널 위한 고민을 하는 내가 언제나 함께 했었잖아. 언제나 모든 걸 너와 함께했던 사람, 그런 내가 네 곁에 있었음을 잊은 건 아니겠지?

바보…… 너만큼 행복한 사람이 또 있을까? 이런 바보. 너만큼 행복한 사람이 또 있을까. 이런 진짜 바보! 세상에서 네가 제일 행복한 사람이야.

이른 봄의 향기가 그립다

시계처럼 돌고 돌고 돌아
약속처럼 다가오는 계절

온 세상 향기 가득한 봄날엔
그리워지는 신선한 잎새 바람

땀줄기가 흐르는 여름날엔
그리워지는 차가운 눈의 꽃

그 가을이 오면
그 겨울이 오면

되새김질 하듯
또 다른 계절을 그리워하게 되고

봄의 코끝 향기가 간절한
싸늘한 바람이 이는 하루

봄꽃이 그립다.
이른 봄의 향기가 그립다

마음은행에 만든 행복통장

언젠가 은행 창구에 들어가번호표 하나를 뽑고 지루한 시간을 기다려 손바닥만한 예금통장 하나를 개설했었더랍니다. 한 달 30만원쯤 일정액의 용돈을 떼어내어 삼년이 가득차게 되면, 천만 원 목돈으로 만들어지는 돈을 위해서요. 꼬박 꼬박 떼어낸 용돈쯤 되는 돈은 삼년의 세월을 채워갔답니다. 만기 날짜에 받은 돈은 천만 원에 일정액의 이자가 불어 천만 원이 조금 넘는 돈이 되더군요. 만약에요 라는 단서를 붙여, 살짝쿵 엉뚱한 생각을 한번 해본답니다.

물질을 담아내는 통장이 아닌 마음을 저축하는 통장이라는 걸 개설한다면 무엇을 가득 쌓을 수 있을런지요. 나누는 마음을 한번 저축해 볼까요? 아니면 행복을 차곡차곡 저축해 볼까요. 사랑하는 마음을 정성들여 꼬박꼬박 저축해 보는 건 어떨런지요? 사랑의 마음을 쌓아가는 마음통장 하나를 개설해보려 생각하니 마음엔 깊은 그리움이 먼저 쌓여갈 듯합니다. 이자는 넉넉함으로 천 프로 만 프로 사랑으로 되돌아오지 않을까 하는 그런 엉뚱하지만 설레는 상상을 해봅니다. 마음이라는 은행 창구에 그리운 그대의 모습을 조금씩 떼어내어 한줄 그리움의 통장부터 개설해 볼까 합니다. 하루하루 쌓은 사랑의 예금은 깊고 맑은 샘으로, 높은 하늘처럼 깊음으로, 고운 꽃잎을 피워내는 햇살처럼 따스함으로, 간혹은 쓸쓸함과 외로움의 시린 바람으로 그리, 그리 쌓여갈지도 모르겠습니다. 마음을 나누고 행복을 쌓아가고 곱게 물들이는 사랑으로 가득한 행복통장, 마음은행에 쌓은 만기 없는 기다림은 익어가는 사랑일거라는 설렘으로 마음은행 창구에 사랑통장, 그리움통장 그리고 행복통장, 자유롭게 사랑 가득 담아 쌓아가는, 내 맘대로 자유적립 행복통장 하나를 개설해 볼까합니다.

아무개에게 쓴 편지

사랑하는 아무개에게

늦은 시간 감기는 눈을 비벼가며 해야만 하는
네 모든 것들이 많은 힘겨움으로 다가오지?
눈이 감길 정도로 졸릴 때에는
깊고 포근한 잠에 들고 싶고
거뜬히 눈을 떠야만 하는 아침이 오면
맑은 하늘을 시원하게 바라보고
허기진 배가 맛난 음식을 부를 때에는
입맛 땅기는 음식을 먹기도 하고
보고픈 사람이 그리울 때에는
냉큼 달려가 미소로 바라보기도 하고
쌓여가는 스트레스에 힘겨울 때에는
노래방이라도 달려가 목이 쉴 만큼 크게 소리도 질러보고
아무도 없는 한적함이 평온함으로 느껴지는 공간에서
마음껏 널 부러진 게으름도 피워 보고

홀로 하는 여행길에서

깊은 사색의 시간을 가져도 보고싶었을 텐데……

정말 잘 참아내는 아무개야

어떤 때에는 그런 네 모습이 많이 안쓰럽기도 하지만

내게 넌 정말, 정말 자랑스럽기만한

멋진 사람으로 보인다는 걸 알고 있니?

찬바람이 어둠과 함께 시린 바람으로 불어오는구나

문득 차가운 아이스크림이 먹고싶어

동네 슈퍼에 다녀오는 길이야

바깥 바람이 많이많이 춥더라

옷은 두툼하게 따시게 입은 거니?

전처럼 지독한 감기에 고생할까봐 걱정된다, 진짜 걱정된다

졸린 눈을 비비고는 있지만

네 모습은 눈꺼풀 바로 가까이에서

사라질 생각을 하지 않는 구나

너무 많이 많이 보고 싶다……

샛별 어미

이른 어둠이 내리기 시작하면서부터 제일 먼저 반짝이는 큰 별 하나가 보입니다. 비 개인 어느 날 작은 꼬마아이가 투명한 창밖을 바라보고 있었답니다. 공사장에서 날려 온 뿌연 먼지들이 가득하던 하늘은 나는 별들을 가리우고 있었죠. 작은 아이는 까치발을 힘겹게 들어올려 명한 창밖을 어렵사리 바라보고 있었답니다.

마침, 밤하늘의 먼지를 걷어낼 만큼 알맞은 비가 내려 뿌연 먼지를 거두어 갑니다. 말끔하게 개인 밤하늘에는 맑은 징검다리 별무리가 가득하게 늘어섰습니다. 별이 총총 빛나던 하늘을 바라보던 작은 아이의 눈망울에는 한 무리의 빛나는 별들이 가득하게 담겨 있었습니다. 뚫어져라 별 바라기를 한참을 하던 작은 아이는 별빛이 들려주는 푸근한 노래를 듣다가 스르르륵 스르르륵 밀려오는 잠에 취해버립니다. 자장가처럼 들려오던 별의 노래와 함께 잠이 든 아이는 입가에 기분 좋은 미소를 방그레 지어 보입니다.

'사랑하는 작은 아이야. 눈을 들어 밤하늘 끝을 바라봐. 보이니? 가장 크게 빛나는 별이 어미란다. 이곳에서 항상 널 바라보며 반짝거리고 있단다. 울지 마라. 작은 내 아이야. 항상 씩씩해야지? 항상 건강해야지. 어미가 보고플 땐 가장 먼저 떠오르는 빛을 바라봐. 네 곁에 어둠이 머무르지 못하도록 널 밝히는 빛으로 머물고 있단다. 내 작은 아이야.'

커다란 가방이 작은 아이의 등 뒤에서 축 늘어져 헐겁게 움직움직 거리고 있습니다. 하교 길 집으로 가는 아이의 발걸음은 더디고 더딘 늘어진 발자국을 콕콕 남기고 있었죠. 어미품의 향기가 사라진 텅 빈 집으로 가는 길은 작은 아이에겐 한없이 멀고, 멀기만 한 외로운 길일뿐이었습니다. 어미 없는 작은 아이가 매일처럼 힘없이 걸어야만 했던 집으로 가는 길에는 흐르지 못하는 아이의 눈 이슬로 가득한 슬픔과 아픔의 흔적이 단단하게 야물어 있었더랍니다. 그래도 아이는 눈 이슬을 떨어 내지 않았습니다. 아이는 절대 울음을 터뜨리지 않았습니다. 지난 밤 포근하게 잠들었던 꿈속에서 깜박 깜박 빛으로 소곤거리던 별빛의 목소리가 어미의 포근한 품처럼 작은 아이를 지키고 있었으니까요.

밤하늘 별 무리가 떠오르는 시간, 가장 먼저 남쪽 하늘에 떠오르는 크고 빛나는 별을 샛별이라 부릅니다.작은 아이의 어미는 이른 어둠이 내리기 시작하는 시각쯤이면 어김없이 가장 먼저 빛을 내는 샛별이 되어 아이의 어둠을 밝히고 있습니다.

까치발 든 작은 아이의 창가에 포근함으로 내려 앉아 아이의 꿈길을 지키고 있는 남쪽하늘 샛별로 늘 한자리로 떠오릅니다. 어둠이 깊숙한 시간, 샛별어미는 쌔근쌔근 잠이 든 작은 아이의 곁에서 깜박 깜박 밝은 사랑의 빛을 비추며 어김없이 한 자리에 머물러 지키고 있습니다.

너와 내가 다가서는 세상이

그깟 실패 한번 했다고 삶을 버려왔던 너라며?
그깟 한번 이루었다고 삶을 멈추었던 너라며?
해야 할 일이 널린 게 세상이란다
하고 싶은 일 널린 게 세상이란다
그깟 한번 실패했다고 버려야 하는 삶이였다면
그깟 한번 이루었다고 멈춰야 하는 삶이였다면
밝은 세상으로 왜 나왔을까
어둠 속 세상에 숨었어야지
네 실패를 바라보던 세상이 너에게 미소 짓던데?
다시 또 하면 된다잖아
네 이룸을 바라보던 세상이 너에게 손짓 하던데?
또 다른 이룸이 있다 하잖아
널 기다리는 가끔씩 착해지는 세상이
널 기다리는 가끔씩 심술궂은 세상이
흥미로운 인생이야기를 만들어 간다잖아
너와 내가 다가서고 있는 세상이 말이야

고맙다! 그대야

이유 없이 흐르는 눈물은 아니다
뜨거운 감동의 눈물이 끊임없이 흘러내린다
눈물이 흐르는데 콧물까지 흐른다
숨을 쉴 수 없게 만드는 눈물과 콧물이
꺼이꺼이 목청을 울리게 만든다

가슴이 벅차서 감동으로 운다!
가슴을 비워 내는 게 얼마만인지 모르겠다
아무도 없는 공간에서 홀로 흘려내는 눈물!
정작 가슴엔 내가 힘을 낼 수 있도록
가슴을 열어준 위로의 말들이 가득하게 숨어든다

눈물이 바보 같아서 참아야만 하는 줄 알았다
참고 참아내던 눈물이 멈추어 질 것 같지가 않다
가슴이 뜨거워지고 또다시, 또다시 흘러내리고……
멈출 것 같지 않은 눈물 대신
다시 채워지는열망의 가슴이 진실하게 전한다

고맙다! 그대야
보이지도 않는 그대야, 정말 고맙다!

이별 후에

내 심장을 품고 있던 건 내 가슴이 아니었다
아픔으로 사랑하고 떠나보낸 그 사람이었다

내 두 눈이 바라보는 건 분명 세상이었는데
내 눈 앞에서 사라지지 않는 세상은 그 사람

내 머리가 선택한 건 그 사람 떠나보내는 일
숨겨진 진심은 가지마라 가슴으로 붙잡는 일

그 사람 지독하게 아프게 보내놓고
이제 와서한심스럽게 미련으로 울부짖는 이유는 뭔지……

내 심장을 품고 있던 건 내 가슴이 아니었다
아픔으로 떠나보낸 사랑하던 그 사람이었다

숨 쉬며 살아가던 이유가 그 사람이었음인데
고통의 숨을 쉬어 낼 뿐 아무것도 하지 못하는

나는
? …… 바보가 되어 갈 뿐이다 …… !

내 가슴이 품고 있었던 심장은 내 것이 아니었다
고동치는 사랑의 심장은 이미 내 것이 아니었다

통증으로 보내야만 했던 그 사람이 가져간 심장

나는 여자입니다

아침이면 화장대 앞에서 한 시간
누군가에게는 가장 어여쁜 모습으로 보이길 바라는
나는 여자입니다

산책코스 돌며 땀방울을 맺혀내고
아직은 늘어나는 잔주름이 부담스럽기만 한 나는 여자입니다

어디서건 당당하고 싶은 자신감을 잃고 싶지 않아
거침없는 모습으로 세상을 마주하는 나는 여자입니다

가슴 한복판에 조막만한 응어리 하나를 간직한 채
간혹 눈물을 터뜨리는 서글픔을 간직한 나는 여자입니다

사랑과 이별 앞에선 한 없이 나약하고
여리고 여린 눈물을 흘려내는 나는 상처받기 쉬운 여자입니다

살아감 속에 조미료 같은 감성을 늘어놓을 때마다
깊은 이슬을 품어야만 하는 나는 여린 여자입니다

그러하나 세상과의 서투른 싸움 속에서 만큼은
무너지고 싶지 않은 나는 씩씩한 여자입니다

나는 남자입니다

싱그러운 아침 바람이 불어오지만
조금 더 피곤한 잠에서 깨어나기 싫은 나는 남자입니다

하루를 시작하는 분주한 발걸음에 신발 끈을 바짝 동여매고
사랑하는 사람들을 위한 발걸음을 만드는 나는 남자입니다

몸이 딱 하나만 더 있었다면 좋겠다는 생각을 하는
바쁜 삶 속에 살아가는 나는 남자입니다

정말 사랑하는 내 사람을 위해서
모습은 무뚝뚝하고 거칠지만 사랑과 정이 많은 나는 남자입니다

사랑하는내 여인의 눈물을 바라 볼 때는
가슴이 무너지는아픔을 느끼는 나는 남자입니다

지나간 추억을 기억하며 가끔은 먼 하늘을 바라보기도 하는
마음만큼은 깊은 감성을 간직한 나는 남자입니다

사랑스런 여인의 다정한 한마디 말에
온 종일 즐거움을 간직하는 나는
지금은 한 여인의 한 남자입니다

행복 보호구역

난 자리 없는 뜰
아비 어미 아들 딸
한 울타리 가족

이른 아침
구수한 밥 냄새를 만드는
부산한 발걸음 어미와
아들 딸내미 지켜내는 아비
아비 어미얼굴에 미소 만드는
든든 아들, 애교쟁이 딸내미

난 자리 없는 뜰

웃음으로 만드는 꽃

아비 어미 아들 딸

행복 보호구역

고운 뜰 안에 피어난 꽃

어미 아비 아들 딸

그냥 그대 때문에 웃음이 납니다

그냥 한번……

그냥 한번 그대 얼굴 떠올려 본 것뿐인데

가벼운 웃음이 납니다

언제나 말없이 미소만 짓던 그대를 생각한 것뿐인데

싱거운 웃음이 납니다

웃음 지을 그대의 모습이 아니었는데도

생각 없는 수줍은 웃음이 납니다

그냥 한번……

그냥 한번 그대 얼굴 떠올려 본 것뿐이었는데

피식 작은 웃음이 납니다

그냥 그대 때문에 웃음이 납니다

아무리 힘들어도

아무리 힘들어도 살아감을 멈출 수 없는 건 이런저런 사건 사고의 연속적인 행렬이이어지기 때문인가 봐요. 나쁜 일들의 연속이다가도 때론 좋은 일들이 연속적으로 일어나기도 하지요.그 중간쯤에서 고민도 하고 때로는 부딪히기도 하고, 웃기도하고, 울기도 하고, 화내기도 하고, 위안도 해가며 그렇게 영향력있는 여러 가지 감정들을 갖게 되는 게 살아감인가 봐요. 살아감 속에서 그대와 난, 쉼 없는 또 다른 사건들을 맞이할 때마다 한 가지씩 해결해가며 갖게 되는, 감성과 이성의 조절 능력들을 키워가야 할거예요. 너무 과하지 않도록 조절해 나가는 능력들을 키워 나가야 하겠지요.그대와 나의 삶은 숨 쉬는 동안엔 결코 멈춤이란 없을 테니까요.

스트레스쯤은 느슨하게도 만들 수 있고, 조이게도 만들 수 있는 능력들은 이미 스스로에게 있답니다. 삶을 멈추지 않도록 적당량의 사건과 사고가 다가오기에 우리에게 처해진 고통은 삶을 지탱해 주는 일종의 생명력일 수도 있다는 생각을 해봅니다.

아무리 힘들어도 어려워하지 말자구요. 살아가는 거요.

혹시 그대가

나 잘 지내고만 있다고 말해야 하는 거죠
잘 지내느냐고 그대가 묻거든 말이예요

그대가 보고파도 볼 수 없어 그립다고
그대가 그리워도 볼 수 없어 아프다고

조금은 쓸쓸한 마음이 말하려는데
걱정의 마음이 말문을 막아섭니다

혹시 그대가 하던 일 멈추고 달려 올까봐
혹시 그대가 하던 일 멈추고 돌아 올까봐

깊은 그리움을 참아내는 내 진심은
짙은 보고픔을 참아내는 내 진심은

하던 일 멈추고 먼저 달려가고픈 마음인데
하던 일 멈추고 먼저 돌아가고픈 마음인데

나 잘 지내고만 있다고 말해야 하는 거죠?
잘 지내느냐고 그대가 묻거든 말이예요

세월

젊음!

그 놈 뒤도 안 돌아 보고
야속하게 가버리기만 한다만
믿을 놈도 못된다만
그 놈 탓하지 말게나
그 놈보다
자네나 내가 더 힘세지 않나
지금도 젊게 사는 방법 얼마든지 있다네
그 놈 미친 듯 도망만 가 버린 데도
그 놈 탓하지 말게나
젊음도 감당 못하는 놈이 세월이라는 놈일세
그래도 젊음을 간직 할 수 있는 건가
버린 세월 속에 묻어놓은내 청춘의 기억이
세월의 노을보다 화려하기 때문 아니던가

만남일기

긴 시간을 기다려 그리움의 그대를 만났습니다
설렘의 마음을 간신히 가다듬고 만난 그대였기에
얼굴을 마주하면 많은 말들이 떠오를 줄 알았답니다
정작 그대 앞에 선 나는
할 말을 까맣게 잊어버린 채 얼어버립니다
오로지 그대 얼굴 바라보기
그 하나밖에 못하는 내가 되 버리고 마는군요
너무 보고 싶은, 너무 그리운
간절한 그대를 만났기 때문이었나 봅니다
그래도 행복한 기억으로
그대의 모습을 가슴으로 한 번 더 묻어 봅니다

그대의 멋진 미소는

(별 다섯 개! 당구장, 밑줄 쫙, 매우 중요)

하루를 여는 미소는
묵직한 마음의 무게를 줄게 만들어
가벼운 현실의 발걸음을 만들어 간답니다

함께 하는 미소는
닫아버린 마음의 문을 열게 만들어
대화의 정겨움을 만들어 가기도 한다지요?

눈에 담긴 미소는
서먹한 만남을 포근함으로 만들어
소중한 인연의 이음줄을 만들어 간답니다

사랑이 깊은 미소는
아픔 많은 상처를 녹이게도 만들어
아름다운 세상을 보는 눈을 만들기도 한답니다

그대가 짓는 미소는
멀리 도망 가버렸던 행복도 다시 찾아들게 만들어 내는
마법 같은 미소일지도 모릅니다

그대의 멋진 미소는
(별 다섯 개,,당구장,,밑줄 쫙~매우중요)

그대를 위해 기도합니다

눈에 보이는 하늘은 검회색빛으로 꾸물거리지만

마음의 하늘은 맑음만을 유지하시길

눈에 보이는 일들은 하루를 분명 지치도록 만들겠지만

마음이 보는 일들은 가득한 사랑으로 평온하시길

눈에 보이는 사람은 그저 지나치는 인연인지도 모르지만

마음이 보는 사람은 진심 가득한 만남으로 이어지시길

눈에 보이는 하늘은 무게를 이겨내지 못한 이슬비를 떨구어 내지만

마음이 보는 하늘은 감동의 이슬비를 떨구어 내시길

그대를 위해

맑은 마음의 하늘을 바라보고

사랑이 가득한 평온한 일들을 해나가며

진심으로 다가서는 사람들을 만남으로 이어가고

살아감의 남겨진 공백들을 감동의 이슬로 가득 채워 나가기를

간절히 기도합니다

시련과 함께하는 겨울이라지만

시련이란 차가운 놈이 겨울 문턱을 함께 밟아 서려 하는군요
인정머리 없는 차가운 놈이 겨울 문턱을 함께 넘어 오려 하는군요
다가온 시련은 물러서지 않을 것처럼 겨울바람과 맞잡은 손으로
그대 앞에 버틸지도 모르지만요
그 못된 시련이란 놈도 용기로 마주서는 그대 앞에서는
두 손 두 발 다 들고 도망가 버릴 거라 말합니다
어른이 된다는 것이 권위와 책임이 따르는 자리임이 분명하지만
어른이 된다는 것이수많은 위기와 싸워야 하는 자리임이 분명하지만
어른이 되어 갈수록지켜야 할 사람들이 늘어만 간다는 것들이
마음을 힘겹게 묶어 두기도 한다 하지만요

겨울과 함께 다가오는 시리고 차갑기만한 인정머리 없는 그 놈!
누가 이길 터인지 두고 보자!
두 눈 부릅뜨고 호령 한번 해 봅시다!

당신을 사랑하는 까닭에

어김없이 돌아오는 계절을 맞이하는 그대 앞에
산과 들에 가득한 향기처럼 나는 머무릅니다
바뀌어 가는 짧고 좁은 틈새 계절의 쓸쓸함에
잠시 생각의 쉼터로 향하는 그대의 여행길
잊혀 질 수 없는 마음의 향기로 나는 존재합니다
누구나 한번쯤 힘겹고 어렵고 지치는 삶에
돌아서고 싶을 때가 있는 것이 인생이라 합니다
마음의 휴식이 필요한 인생의 한 때를 만나고 있는 그대라면
편한 맘으로 쉬었다가 빈 마음으로 돌아오시길
모두 비워낸 빈 마음으로 내 곁으로 느긋하게 돌아 오신데도
한 자리에서 그대를 반갑게만 맞이하렵니다
잊혀 질 수도 없는 들에 산에 가득한 계절의 향기처럼
코끝에서 느껴지는 기억의 향기로 기다립니다
언제나 한 자리에서, 언제나 한 모습으로 나는 존재합니다
언제나 한 마음으로 당신을 사랑하는 까닭에

자신감이란 나를 믿는 방법이다

자신감이란 나 스스로를 믿는 방법 중 하나일 것이다. 무언가를 시도했었으나 되지 않음에 실망하고 낙담할 필요는 없다. 기회란 포기하지 않는 나만의 자신감에서 얻어질 수 있는 인생의 멋진 선물이다. 해도 해도 되지 않는다고 포기하고 싶은 마음을 품은 그대에게 간절하게 필요한 용기, 어떤 일을 해나감에 있어서 꼭 필요한 감각, 자신감!

자신감 있는 당찬 그대 모습에 믿음으로 다가 서는 사람들이 많아질 것이다. 그대만의 자신감과 그대만의 여유 만만함은 멋진 가슴을 갖는 일이다. 자신을 믿는 당찬 감각, 자신감! 무언가를 시작하며 가졌었던 용기를 잃어 갈 즈음 다시 한 번 기억해 보자! 그대의 자신감은 그대의 아름다운 삶을 만들어 가는 중요한 감각으로 자리할 것이다! 자신감이란 나를 믿는 방법이다.

약속시간 5분 전

'기다림은 만남을 목적으로 하지 않아도 좋다'
어느 시인의 간절한 시 한 구절을 생각해 보았지만
기다림은 만남을 목적으로 하고 싶은 게 정상!
시간의 약속을 하고 만남의 장소를 정해 놓고
하루하루 밤새 뜬 눈으로 보내는 설렘의 시간
오지 않을 것처럼 더디게만 오던 약속의 날
멋지게 보여야 할 내 모습은 어디로 가버린 건지
들뜬 맘으로 일어난 아침, 거친 내 모습엔 한숨만
지난 밤 잠 못 이룬 눈두덩이는 심하게 푹 꺼져 있고
거칠하고 푸석푸석한 얼굴색……
이걸 어쩌면 좋지?
스킨 에센스 듬뿍 발라 거친 피부를 정돈하고
곱슬머리 귀여운 헤어 스타일로 정돈 해본다
힙합청바지를 입어봐? 블랙 스키니를 입어 볼까나?
아니면 단정한 댄디 스타일 캐주얼 정장으로 입어볼까?
거울 앞에서 고민 두 시간…… 멋내기 한 시간 반

쿵쾅 쿵쾅 뛰는 심장소리 가다듬기는 한 시간쯤?

첫 데이트 약속시간 오후 두시, 만남 지하철역

서둘러 일어난 아침시간은 고민 속에 후다닥!

에라 모르겠다, 이만하면 나 좀 멋지지 않나?

남자의 향기, 상큼한 한 방울로 깨끗한 마무리를 한다

가슴이 미친 건가? 서둘러 빨라지는 심장의 강박

사랑이 다가오나? 쉼 없이 뛰어대는 심장의 박동

순간 멈추어 버린 심장. 그녀의 모습이 보인다

순간 멈추어 버린 심장! 약속시간 5분 전인데

아, 약속시간 5분 전인데…… 내 가슴은 철컥!

아들의 기도

어머니……

당신은 유독 내겐 슬픈 존재입니다. 아주 어린 아이에서 어른으로 성장한 지금까지도 당신은 내겐 늘 가슴이 아린 존재였습니다. 당신 아프신 비밀의 몸은 감추시고 웃음으로만 얼버무리시지만, '괜찮다'라고만 말씀하시지만, 수십 년 제 몸을 만들어 오신 그 몸이야 골병 없는 곳이 어디겠습니까? 당신의 하나님 그리고 나의 하나님은 아직은 당신을 아름다운 그 나라로 오라하지 않으시나 봅니다. 눈물로 하는 기도에 주신 응답은 아직은 이 세상에 좀 더 머무시라 하십니다.

당신의 사랑이 아직은 제 곁에 온기로 머물러 주시길 간절한 눈물로 기도하는 아들의 마음입니다. 하나님께서 세상에 존재하시고 살아 계심을 기적으로 보여 주셨듯이 제 눈물의 간절한 기도가 당신의 기적 같은 삶을 바라고 있습니다. 눈물이 말라 버릴 만큼 울다, 울다 지친 제 기도를 위해서라도 조금 더 이 세상에 머물러 주시길 바라는 아들의 마음입니다. 사랑하는 내 어머니, 표현하지 못하는 아들의 마음을 헤아리시어 부디 굳건한 마음으로 아픈 몸을 이겨내시길 바랍니다.

어머니, 한 없이 못난 아들이지만 당신을 진심을 다해 사랑합니다. 사람의 심장은 하나라지만 내 어머니 당신을 위해 바칠 수 있는 제 심장입니다. 진실의 눈물로 기도합니다. 조금만, 조금만 더 머물러 주시길 내 사랑하는 당신이 조금만 더 제 곁에 머물러 주시길……

사랑합니다. 내 어머니……

성공의 가치관

지금 현재 완.벽.하게 성공했다고 자신할 수 있는 사람은 아무도

없다!

최고의 위치에 내가…… 라는
남보다 정말 탁월한 내가……라는
장담은 할 수 없는 것이 현재 서있는 자신의 위치이다
보다 나은 사람도, 보다 못한 사람도
항상 존재하는 세상으로 다가오기 마련이기에
사람과의 대면을 반복하며 살아가는 시간 속에서 우리는

★머리 숙이는 겸손함을 알아야 하고,
★내리깔고 바라보는 자만의 눈을 흉내내지 말아야 하며
★잃어버린 것에 대한 미련도 없어야 한다
★꾸며낸 가식의 얼굴로 상대를 이익의 대상으로 바라보지도 말아야 할 것이다

지금 현재 완.벽.하게 성공했다고 자신할 수 있는 사람은 아무도

없다!

다만, 성공이라는 길을 걷기위해 노력하는 열정을 가진 그대가
성공에 가장 근접한 가치로 존재 할 뿐이다

제목 없음

이제는 그러지 말아야 할 때도 된 것 같은데 겉으론 늘 긍정을 말하고 밝음을 잃지 않으려 어설프기 만한 웃음을 커다랗게 웃어버리죠. 시간을 쪼개고 바삐 살아가는 스스로를 만들어 갑니다. 그 누구도 끼어들 틈조차 없을 만큼이요. 실은요, 너나 나나 모두들 같더랍니다. 마음 한 켠이 시려오는 것들 말이죠. 단지, 자신의 모습들을 감추는 거죠. 어떤 위대한 누군가가 남긴 한마디가 새삼 떠오릅니다.

'신은 공평하다'

실은요, 신이 공평하다고 생각해본 적이 한 번도 없답니다. 내 나이 깊은 어른의 나이가 되기 전에는요. 가끔 가려움에 긁적거리는 머리에 선새치도 나오기 시작하구요. 주름도 하나씩 늘어갑니다. 아무리 멋지게 살아가 보려 시간이란 놈을 다스려 보지만 남들이 바라보는 나의 겉모습은 아무것도 아니라는 걸 느낍니다. 그 때문에 내 속은 커다란 구멍이 생겨 있었답니다. 메울 수 없는 커다란 구멍.

신은 정말 공평합니다. 지금에 와서 생각해 보면 물질을 가진 사람에겐 마음의 행복이 부족하고 마음의 행복을 누리려 하는 사람에겐 풍요한 물질이란 없더군요. 너무도 다양한 삶을 살아가는 사람들. 간혹 가다가요, 공허함이나 우울함을 느낄 때엔 내게 없는 무언가를 가진 그들에게 위로받고 싶을 때가 있답니다. 내 나이 깊은 어른이 다 되어가는 즈음에 느끼는 행복은 좋은 벗이 곁에 있음입니다. 모든 걸 말하고 모든 걸 들어주고 그리고 모든 걸 함께할 수 있는 벗이요. 다양한 이야기로, 삶을 그려가고 있는 사람들. 나보다 더 아픔을 이야기하는 이들에게 해주고 싶은 말은요, 아픔은 누구에게나 있다는 거요. 그리고 버티어낼 힘도 누구에게나 있다는 거요.

감사합니다

아이는 혼자 키워 가는 줄 알았답니다. 아무것도 하지 못하는 어린아이일 때는기저귀 갈아주고 우는 아이 젖 물려 밤잠 설쳐가며 키워내죠. 가방 들려 학교 보내고 계절 따라 옷 한 벌 씩 사주기도 하고, 가끔 사랑한다 말로 아이를 다독거리기도 하고, 미운 짓 할 때에는 등짝도 서너 번 때려가며, 그렇게 남들 하듯 평범한 사랑으로 키워내면 되는 게 아이에 대한 사랑이라 생각했었답니다. 보이지 않게 흘러가는 시간들은 아이의 몸을 크게 만들고 생각을 자라게 만들더랍니다.

언젠가부터는 어미의 손이 귀찮아지기 시작했나 봐요.관심의 말은 잔소리로 듣기 일쑤이고 점점 더 어미랑 하는 대화에 짜증부터 내는 일이 많아집니다. 그런 아이를 바라보면서 씁쓸한 마음마저 들어버릴 때가 많아졌었죠. 걱정에 걱정이 늘어 걱정스런 마음으로 타들어 가는 어미 마음을 아이는 알기나 하는 건지 사춘기를 접어든 아이에게 사라지는 웃음이 걱정스러움으로만 바라봐지던 날들입니다.

아직은 작은 웃음이지만, 아이에게 웃음을 만들어 주는 친구가 생기네요. 참으로 다행이죠. 정말 다행이죠. 어찌 보면 행운이죠. 묶어두었던 마음을 다시금 풀어내 주는 소중한 친구들이 생기네요. 함께 걱정

해주고, 함께 위로해주고, 함께 말할 수 있는 친구라는 존재요.

마음을 열 수 있는 건, 진실이라는 무기일 뿐이라는 것을 살아감을 통해 깨달아 가는 나이의 어미랍니다. 아무리 어미라도 만져줄 수 없었던 아이의 묵직한 부분들을 고맙게도 어루만져 주며 아이를 만들어 가고 있네요. 진심으로 다가온 친구들이 어미보다 더 아이를 곱게 만들고 있습니다. 함께하는 세상, 말뿐인 세상인 줄 알았답니다. 그러나 이젠 꼭 말뿐인 세상만은 아니라는 생각이 듭니다. 정말 존재하는 함께하는 세상임을 또다시 알아갑니다.내 아이에게 진심으로 다가와 소중한 웃음을 찾아준 아이의 좋은 인생 친구. 진심으로 감사합니다!

겨울비 때문에요

묵직해진 온 몸의 기운이
흐린 구름빛일 거라는 생각은 했답니다
졸음을 만드는 어둑어둑한 기운이
눈이 오려나 하는 생각을 만들었습니다
겨울비가 내리고 있습니다, 겨울비요
흰 함박눈이 내려주려나 했습니다만
겨울비가 내립니다
차갑고 조금은 쓸쓸함을 간직한 오늘
겨울비가 내리고 있습니다
그 언젠가 내리던 겨울비를 바라보며
그대를 떠올리던 기억이 울컥 밀려옵니다
겨울비 때문에요……

웃으면 복이 온다?

복은
하늘이 내리기도 한다지만
스스로 만들어 나간다는 말이 맞는 듯도 하죠?
조금은 맥이 풀리고 지치는 하루였을 지라도
웃는 얼굴로 마무리 해보는 건 어떨까 하는데요
살아가다보니…… 그렇더랍니다
옛말 그른 게 없다는 어르신 말씀이
맞는 듯 느껴지는 때가 많더랍니다
웃으면 복이 절로 찾아온다지요?
정말 그럴 런지는 모르겠지만 믿어 보기로 하죠
웃으면 정말 찾아오는 복인지 아닌지
오늘도 웃는 얼굴로 마무리 해보는 건 어떨까합니다

걱정 없습니다

귀여운 아기의 까르륵 넘어가는 웃음소리에 바라보던 엄마가 함께 따라 웃습니다. 아기와 엄마의 행복한 웃음소리를 바라보던 아빠역시 따라 번지는 웃음을 참지 않습니다. 귀여운 아기로 인해 작은 웃음소리가 온 가족의 웃음소리가 되어 행복한 한때를 만듭니다.

세상엔 분명 많은 감성과 느낌들이 존재합니다. 그리고 그 느낌들은 바이러스처럼 퍼져 나갑니다. 귀여운 아가의 웃음이 번져 나가듯 말이죠. 처음 만난 사람에게 가벼운 눈인사를 나누며 밝게 짓는 웃음은 상대로 하여금 좋은 느낌을 갖게 합니다. 처음 만나는 사람에게 당신이 기분 좋은 웃음을 선물하며 나도 모르게 기쁨의 바이러스를 전하게 된 거죠.

하루 동안 우리는 수많은 사람을 만납니다. 어린아이부터 나이 지긋하신 어르신에 이르기까지요. 당신은요, 기쁘고 밝은 목소리를 가지고 있습니다. 그리고 행복하게 미소 짓는 방법을 알고 있습니다. 당신은요, 행복을 전하는 방법을 알고 있고 행복을 전하며 스스로 행복을 만드는 방법을 알고 있습니다.

이보세요!

잠시 잠깐 힘이 드시나요? 잠시 행복의 전도사인 당신을 잊고 계시나요? 걱정 없습니다. 당신은 분명히 행복해질 테니까요. 당신은요, 행복 바이러스 숙주를 품고 있는 멋지고 아름다운 분입니다. 이미 당신은 행복해지는 방법을 알고 있으니 이젠 걱정 없습니다. 아무런 염려도 없습니다.

약속

지나온 기억의 멈춤 속에서
그대가 내 사랑이었던 까닭은
멈추지 못하는 심장이 먼저 알아버린
작은 설렘의 소리 때문이었다

지나는 기억을 만드는 시간
그대가 내 사랑이라 말하는 까닭은
공기의 흐름을 타고 바람결에 묻어오는
부드러운 숨결의 느낌 때문이었다

먼 훗날 기억될지도 모르는 그대가
내 사랑일거라 말하는 까닭은
가슴 가득 가쁜 숨을 몰아대는 뜀박질이
멈추지 않을 거라는 걸 알기 때문이다

또 다른 시간의 공간이 내게 다가 온데도
어제, 오늘 그리고 또 내일, 그 다음날에도
내 가슴은 그대에게 속삭인다.
단 한사람, 그대만을 사랑하겠노라고……

쓸쓸한 계절을 탓합니다

그대의 지치는 마음을 애써 바라보려 노력하지 않아도 마음으로 바라보는 그대가 외로움과 그리움에 조금은 힘겨워 보이는 모습으로 자꾸 느껴져 버립니다.

날씨 탓이기도 할 거예요. 쓸데없는 그리움을 품게 만드는 차가운 눈물 같은 겨울비 때문이기도 할 거예요. 싸늘함이 가져오는 마음 빈구석의 느낌일지도 모르겠습니다.

항상 밝음을 잃지 않으려웃음을 지어 보이는 그대 모습이지만, 항상 바쁨을 핑계 삼아 힘겨움은 잊어보려 노력하는 그대 모습이지만, 애써 웃음을 띠우며 감추려 하는 그대가, 나와 닮아 보이는 그대 모습이 한구석 내 마음에 담겨 버립니다.

싸늘한 마음을 채울 수 있는 건, 빈 공간처럼 허무한 공간을 채워 넣을 수 있는 건, 가득한 온기이고 사랑뿐입니다. 따듯한 사랑을 가득하게 담아 주고 싶은 간절한 마음을, 쓸쓸함의 길 위에 서있는 그대에게 모두 주렵니다.

그런데 자꾸만 아려오는 마음은 무엇으로 설명해야 할지 모르겠습니다. 쓸쓸한 계절 탓인가 봅니다. 겨울비 내리는 차가운 계절 탓인가 봅니다.

흰 눈송이 하나가

흰 눈송이 하나가 온갖 세상 소리를 흡수하며
들리지 않는 고요함으로 나풀대기 시작하고
주홍빛 여린 가로등 빛은
숨 죽여 바라보게 만드는
소리 없는 춤꾼의 무대를 만들어 낸 듯
몽환의 세상으로 시선을 이끈다
빠르기도 악센트도 없는 조용한 하얀 눈송이 하나가
어지러운 마음을 사로잡아 멈춘 듯
고요한 무념의 세상으로가두어 버린다
나를……
흰 눈 송이 하나가……

이별만은 하지 말았어야 했는데

나 잘 지내고만 있다고 말해야 하는 거죠?
잘 지내느냐고 그대가 묻거든 말이에요
그대가 보고파도 볼 수 없어 그립다고
그대가 그리워도 볼 수 없어 아프다고
조금은 쓸쓸한 마음이 말하려는데
걱정의 마음이 말문을 막아섭니다
혹시 그대가 하던 일 멈추고 달려 올까봐
혹시 그대가 하던 일 멈추고 돌아 올까봐
깊은 그리움을 참아내는 내 진심은
짙은 보고픔을 참아내는 내 진심은
하던 일 멈추고 먼저 달려가고픈 마음인데
하던 일 멈추고 먼저 돌아가고픈 마음인데
이별만은 하지 말았어야 했는데
우리요

사색이 깊어지다

피곤한 잠보다도
깊은 생각만 많아지는 차가운 어둠을 맞이한다
나름 최선을 다하며 꿈꾸어 오던
내 삶의 멋진 반전을 기대도 해보기도 하지만
가끔씩 다가오는
게으름과 나태함이 지배하는 시간들이
방해꾼처럼 등장한다
스스로를 반성하며
다시는 그러지 말자, 말자 하면서도……

지금 이 시간부터 말끔하게 지워내야 한다
반전의 삶을 방해하는 나약한 나의 습관들을
자고 나면 새롭게 주어지는 시간
정갈하게 만든 새로운 계획 속에 나를 세워
다시금 새로운 움직임의 다짐을 한다

추위에 움츠려드는

마르고 말라 까칠해진 겨울 나뭇가지처럼

부러질 듯 약해진 양 어깨를 활짝 펴고

자신감으로 마주하는

또 다른 내일의 삶이기를 다지며

시린 겨울…… 어둠을 마무리 한다

2013년 11월 15일, 사색이 깊어지다

그리움만 쌓여 갑니다

그리움만 가득 쌓아가는 매일을 살아가는 나는 뭔가요
습관적인 잠시간이 몰려오는 피곤함에도
잠이 들 수 없도록 만듭니다
많은 말들을 하고 싶지만 그럴 수 없음에
조금은 울적한 마음이 들어버립니다
보고 싶고 그립기만 한 사람
그대가 눈 안에 가득하지만
볼 수도 없고 닿을 수도 없음에
조금은 외로운 마음이 들어 버립니다
간혹은요
간혹은요, 간혹은요……
기다림이 지쳐갈 때도 있답니다
사랑하는그대가 있어 행복하기도 하지만
사랑하는 그대가 있어
깊어가는 그리움과 쓸쓸함에
눈물이 맺힐 때도 있다는 건 아시는지요

갑자기 내 자신이
왜 그리 아주 작고 초라한 모습으로
느껴지는지 모르겠습니다
그대 하나 바라보는 내 사랑이
너무 깊은 탓이 아닌가 합니다.
너무 깊은…… 너무 깊은 사랑인 까닭에요
오늘따라 너무 보고픈 당신 때문인가 봅니다.

보고싶습니다!
그리움만 가득 쌓아가는 매일을 살아가는 나는 뭔지요
또다시 그리움만 쌓입니다

그대를 잊는 연습

나, 이제부터 그대를 잊어가는연습을 해야만 할 것 같습니다
너무 사랑해서 아픈 거라면……그대를 그만 잊어야만 할까봅니다
처음엔 사랑이란 그저 설레고 아름다운 것만으로
다가와 줄 거라 생각하고 그려왔답니다
시간에 사랑을 더해 깊게 빠져버리기 시작하면서
아픔만 더해가는 내가 힘겹습니다
기쁨으로만 가득할 것만 같던 사랑은
눈물 가득 슬픔으로만 채워져 갑니다

나, 이제부터 그대를 잊어가는 연습을 해야만 할 것 같습니다
어디서부터 지워내야 할 기억인지는
도대체…… 도대체 아무것도 모르겠습니다
아무리 연습한다 해도
그대를 잊는다는 건 불가능 할지도
그대를 잊으려 할수록 선명해질지도 모릅니다

나, 이제부터 그대를 잊어가는 연습을 해야만 할 것 같습니다
그대를 가지려 하면 할수록 지쳐가요
내 마음이 아파와요. 내 가슴만……

나, 이제부터 그대를 잊어가는 연습을 해야만 할 것 같습니다
미안해요. 정말……
그대 때문에 숨이 꺼지는 것만 같아서
그대를 잊는 연습부터 해야만 할 것 같습니다
그래도…… 그대 하나 진심으로 사랑했습니다

걱정 하지 말아요

지나간 시간들……

힘겹고 긴장되던 삶의 날들도

꿋꿋하게 버텨왔던 그대란 걸 알고 있기에

나는 아무런 걱정 없습니다

한 두 번씩 찾아오는 무기력감이라는 버거운 느낌들이

그대를 찾아 온데도

빠르게 보내 버릴 수 있는 그대이기에

나는 아무런 걱정 없습니다

한해가 저물어 가는 막바지 달이 차오르고 있지만

한해를 더하는 나이에 울컥해하거나

힘겨워하지 않을 그대임을 알기에

나는 아무런 걱정 없습니다

바라보고 또 다시 바라봐도

한결같은 목표를 향해 움직임을 만드는
용기와 배짱으로 겁 없는 그대이기에
나는 아무런 걱정 없습니다

변함없이 언제나 한결같은 마음으로
삶과의 약속을 지키시는 그대이기에
나는 정말 아무런 걱정도 하지 않습니다

잘 될 수 있습니다.
어떠한 일이던지 다 잘 될 수 있습니다
깊은 어둠이 잠시 잠깐 그대를 스친대도
고운 꿈만 꾸는 포근한 잠에 들어도 된답니다

아무런 걱정도 하지 말아요
지나치는 그대의 어둠은 밝은 아침의 태양을
언제든 맞이할 준비가 되어 있으니까요

자음고백

ㄱ. 그리움을 불러 이슬을 만드는 사람
ㄴ. 늘 보고픔의 향기로 숨 쉬게 하는 사람
ㄷ. 당신입니다. 당신……
ㄹ. 라일락 진한 향기와 어우르는 꽃비로
ㅁ. 마음 가득하게 번져 내려오는
ㅂ. 봄의 따스한 바람을 품어내는 고운사람
ㅅ. 사랑스런 당신입니다. 당신……
ㅇ. 이 세상에 불어오는 삶의 향기로 숨 쉬는 동안
ㅈ. 지울 수 없는 기억의 향기로 머물고 싶습니다
ㅊ. 처음 설레던 가슴의 기억을 한 움큼 가져다가
ㅋ. 키워가고 키워내는 사랑입니다
ㅌ. 타들어 가는 듯 애절한 사랑의 깊이와
ㅍ. 품속의 포근함을 함께 담아내는 사랑으로
ㅎ. 하늘만큼 깊고 넓고 맑은 당신을 사랑합니다

그리움을 배달하는 우체통

도심 한참을 빠져나온 어느 낯선 길
빨간 우체통 하나 덩그러니 서있다
수백 통의 우표 없는 편지를
낯선 우체통에 넣어 그대에게 보낸다

진심의 글 모양을 가득하게 꾸며 넣었던
깊은 그리움을 가득 새겨 넣은 편지
내 지난 날 그리움을 담아 써내려가던 마음을
낯선 우체통에 넣어 그대에게 보낸다

어느 날엔가 슬그머니 찾아오는
알 도리 없는 가슴통증을 그대가 느낀다면
내 지난 날 아픔을 담아 사랑했던 그대를 향해
가득 그려 넣었던 그리움들이
그대의 가슴으로 배달된 까닭일 테야

눈 내리는 겨울,
깊은 어둠속에서

아주 어린 시절에 금방이라도 꺾어질듯 한 마른 나뭇가지 위로 하얗고 포근한 느낌의 눈이 소리 없이 쌓여갈라치면 아무생각 없이 마냥 좋아하던 순수의 한때가 떠오른다. 눈발이 하나, 둘 나풀거리기 시작하면 호들갑스레……

털실로 짠 벙어리장갑과 엄마를 조르고 졸라 사게 된 목이 긴 빨간 부츠를 신고 신이 나서 눈 내리는 밖으로 향하곤 하던 기억이 새롭다.

눈발이 하나 둘 나풀거릴 때마다 엄마는 한숨을 쉬어대시곤 했었다.

밖으로 나가는 날 바라보시며,

"얼굴 튼다. 감기 걸린다. 빨리 들어와야 한다."

잔소리에 잔소리를 늘어놓으시는 엄마에게 "응"이라고 짧은 대답을 하고는 철없는 외출에 나선다.

밥 때도 놓쳐가며 하얀 눈과 신나는 놀이를 하루 종일 했던 기억이 가득하다.

결국 이튿날엔 여지없이 끙끙 앓아가며 지독한 열 감기에 고생하던 어린 시절. 코끝이 찡해져 오며 어린 날 내게 잔소리하시던 엄마 목소리가 희미한 영상처럼 들려온다.

청춘의 아름다운 나이에는 나풀거리는 눈발은 더욱 아름답게 내려오곤 했던 것 같다. 달콤한 사람에게 아름다운 첫눈의 고백을 받는 상상을 하기도 하고 발그레한 볼을 붉히는 순수사랑을 꿈꾸기도 했었다. 예쁜 사랑의 커플이 되는 낭만의 색칠을 하기도 했다. 상상만으로도 행복해지는……

시간을 갉아 가는 좀 벌레가 십년을 단위로 서 너 번을 후룩 삼켜 버린다. 아니, 후룩 급히도 집어 삼켜버렸다.

그리고 오늘, 지금…… 멈추어진 듯 내 주위의 공간은 깊어질 대로 깊어진 나름 의미 있는 공간으로 다가서 있다. 어느 틈엔가 중년, 두 아이의 엄마가 되어있는 내 앞으로 눈발이 곱게, 곱게 흩날리기 시작한다.

그런데……그렇다. 나풀대는 눈발이 그 때의 맑았던 눈으로 순수의 눈으로 바라보았던 모양만큼 아름답게 보이지만은 않는다.

내 어린 시절, 눈 내리는 날 엄마의 모습처럼 한숨부터 품어내는 나를 발견한다. 언젠가 눈 내리는 날 깊은 한숨을 몰아쉬던 그 옛사람의 한숨의 의미를 알아가는 나를 발견한다. 시간을 갉아가는 좀벌레가 순수의 나이를 모두 걷어 가버린 듯 느낌으로 다가선다.

현실의 무게를 덮어쓴 나이…… 한해, 한해 더해 갈수록 늘어만 가는 책임감에 낭만의 눈송이, 그리움의 눈송이, 설렘의 눈송이, 세상에 아름다움을 수놓았던 모든 눈송이들은 점점 더해가는 세월의 흔적과 함께 무겁게 다가서는 생의 추위처럼 느껴지기도 한다.

그렇지만……그렇지만 말이다. 지금 하늘 향한 내 얼굴 위로 떨어지며 나풀거리는 하얀 눈송이들은 복잡하게 얽혀있는 살아감의 무게를 다스리는 고요하고 평화로운 눈송이로 내리는 듯도 하다. 눈 내리는 겨울……깊은 어둠속에서.

나를 행복하게 하는 비결

잘 지내니? 라고 묻는 안부의 목소리에 사람이 정겨워지고
잘했다! 칭찬하는 한마디 목소리에 자신감을 갖게 되고
괜찮아, 위로하는 한마디 목소리에 어려움을 이겨 낼 힘을 갖게 되고
고맙다, 전하는 한마디 목소리에뿌듯한 기쁨을 느끼게 되고
미안해, 말하는 한마디 목소리에 용서와 화해의 미소가 번져오고
사랑해, 감미로운 한마디 목소리에 감동의 가슴을 선물 받는다

하루를 열어가는 말 한마디
밝은 한마디의 목소리가 전하는 행복은
남을 행복하게 만들기 이전에
나를 행복하게 만드는 비결이다

아무리 생각해봐도 넌

참 이상한 기분이 들어
내게서 멀리 멀리 가려하는 것만 같아
네가 내게서 도망가고 있는 것만 같아
내 불안한 마음은 멈추질 않아

전화기 바라보며 열두 번도 더 전화해보고 싶지만
널 믿지 못한다고 오해할까봐
널 향한 집착만 키워간다고 오해할까봐
이러지도 저러지도 못해

참 이상한 기분이 들어
내게서 멀리 멀리 떠나려는 것만 같아
누군가에게 마음을 주려는 널 바라본다
내 불안한 마음은 멈추질 않아

바라보는 것이, 기다리는 것이
서글픔으로 가득하게 물들어야 한다면
아리는 통증으로 가슴을 움켜야 한다면
이제는 멈추는 게 맞는 건가 보다

네가 정말 있어야 할 네 자리로 돌아가
네가 정말 그리워하는 그녀에게로 돌아가
얼마만큼 더 아파야 하겠니, 더 슬퍼야 하겠니……

아무리, 아무리 생각해 봐도…… 넌
아무리, 아무리 생각해 봐도…… 넌
그 사람을 잊을 수는 없을 것만 같아

보내줄께……
보내줄께, 가려거든 지금
뒤돌아보지 말고 가

고목이여

눈 내리는 광야
우뚝 선 쓸쓸함의 고목은
차가운 겨울이 선물한 친구로 내게 왔는가

온 세상을 하얗게 아름다운 빛깔로 채색하는
고운 눈송이로 세상에 내려 왔어야 했는데

눈 내린 후
고목의 눈에서 녹아 흐르는 안타까운 눈물로
세상에 왔다 잠시 머물다 간다

고독하고 외롭고 쓸쓸하고 차갑기만 했던 선물이여
나 이제는 찬 겨울 그대를 등지고 가야만 한다네

햇살 가득 따듯하고 향기롭고 포근한 계절의 또 다른 선물
나 이제는 봄, 그 여인을 만나러 꼭 가야만 한다네

쓸쓸한 고목이여…… 안녕

그대와 나의 인생은 무사합니다

묵직묵직한 구름이 하늘풍경을 만들더니 찬바람에 하나 둘 눈발을 떨구어 내시더군요. 오후 세시 쯤 이였나 봐요. 운전중이였죠. 정지된 듯 고요한 그 순간 위에, 나는요. 목적지를 위해 열심히 달리고 있던 운전자였죠. 반가운 마음과 걱정스러움의 마음을 반반 섞어 놓은 듯 미묘한 마음이 들어버립니다. 운전석 창을 열고 찌푸린 눈으로 바라보면서도 내리는 하얀 솜뭉치를 조금씩 떼어낸 듯 푸근한 그것들에 금방 홀려버리고 맙니다. 하나 둘 외롭게 떨어지던 고놈들 순식간에 엄청나게 많은 친구들을 만들어, 이번엔 마른 나뭇잎을 사정없이 뒹굴게 만들던 바람과 함께, 매서움과 차가움으로 무리지어 내리지 뭡니까. 고약스런 걱정까지 시켜가면서요. 예상대로 처음엔 곱게만 보이던 고 녀석들이 도로 위를 점령하고, 오가는 사람들이 보행하는인도 위를 점령하고, 늘어진 나뭇가지 위를, 준비하지 못한 우산 때문에 고스란히 머리위로 눈을 맞으며 걷는 사람들의 마음 안팎까지도,눈에 보이는 세상 전부를 점령해버리더랍니다. 이쯤에선 한숨 한번 쉬었었겠죠?

아이구야. 이를 어쩌면 좋습니까. 도로 위에서 신호가 바뀌기를 기다리던 금속거북이들이 하나 둘 앞으로 나가길 거부합니다. 미끌미끌 네

다리는 후들거리기만 했죠. 아이구야. 이를 어쩌면 좋습니까. 갈 길은 멀기만 한데 대체간에 움직거릴 수가 없지 뭡니까. 겉모습은 예쁘고 맑고 고요한 고것들이 고약한 골칫거리로 내리더랍니다. 결국엔 15분이면 갈 수 있었던 거리를 한 시간 반 만에 도착하게 됐죠. 간혹 함께 걷던 거북이들 중엔 접촉사고가나서 멈추어 서기도 했네요.

교통경찰들은 신호등을 대신해 이리저리 얽힌 거북이들을 풀어내느라 진땀을 흘리기도 했죠. 난요, 살짝 오르막길에서, 미끄러움에 후들거리는 두 다리에 힘이 풀려, 뒷걸음질 치기도 했습니다. 언제고 한번쯤은 겪어 본 일들이시죠? 하루도 아니고 잠시 몇 시간을 겪은 일이지만, 인생이란 보이지 않은 시간의 도로를 달리고 있는 나, 역시나 오늘 같은 모습의 길 위에 서있는 듯합니다. 신호를 열심히 부지런히 받고는 있지만, 빨리 달릴 수 없는 상황의 도로위에 서있는 듯합니다.그렇대도 조금 더디게 도착하긴 했지만 결국엔 목적지에 무사히 도착해냈죠. 서두르지 않았기에 안전하게 접촉사고없이 도착해낸 거죠. 인생이라는 이름의 보이지 않는 도로위에 주행이 버거운 상황, 이와 같은 힘겨움의 현실에 서있는 상황이어도 목적지에 언젠가는 도착 할 수 있지 않겠습니까?

조급한 마음을 조금만 비워내고, 서두르지 말고 천천히, 느림보 거북이가 가끔씩 되어야 한데도 목적지에 언젠가는 도착 할 수 있지 않겠습니까. 그런 의미에서 나의 인생은 무사합니다. 그런 의미에서 그대 인생도 무사합니다. 다만, 멈추지 않고 포기하지만 않는다면 말입니다.

뭐 하나 물어봐도 되요?

이별이 아파 너무 힘들어 눈물이 날 줄 알았는데
왜 눈물은 나질 않는 건지

마음으로만 울고 있는 내가 정말 이상한건지
슬픈 영화, 슬픈 노래를 들어도 왜 눈물은 나질 않는 건지
가슴이 아려 숨도 못 쉬고 한숨만 자꾸 나오는 난데
왜 눈물은 나질 않는 건지

잠도 오질 않아 두 시간도 못 자는데
다음날 내 모습은 아무것도 할 수 없을 만큼
피곤하고 멍 때리고……
눈물이라도 한바탕 쏟으면 후련해질 마음인데
왜 눈물은 나질 않는 건지

나, 왜 이러는 건지 좀 물어봐도 되요?

긍정을 세뇌하는 습관은 그대를 변화시킵니다

작은 시작으로 부터 거대함을 만들어 내는 인생 작업. 진정한 성공의 밑거름이 아닌가 합니다. 빈 공간으로부터 무언가를 만들어낸다는 건고통스런 역경이 따르는 일이 분명합니다. '아무런 고통 없이 성공을 만든다?' 라는생각을 한다면 욕심인거죠? 그것도 아주 무모하고 뻔뻔한 욕심인거죠. 인생을 만들어가는 과정에서 서너번의 고비와 극심한 고통이 따른다는 건 어쩌면 당연하게 다가오는 일인지도 모릅니다. 잠시 멈추었거나, 잠시 부족함의 상태가 지속되고 있다 해도 성공을 위해 거쳐가야만 하는 시간의 고통이랍니다. 아무리 힘겨워도 이겨내야 하는 겁니다.힘겨운 고통을 이겨내는 과정 자체가 성공의 틀이 될 테니까요.

지쳐있는 그대라면, 힘겨워 미쳐 죽을 지경에 빠진 그대라면, 지금부터는 그 마음으로부터 스스로를 이겨내는 연습이 필요하겠습니다. 내공이라 하죠? 어려움을 이겨내는 마음다짐. 그것을 쌓는 방법은 자신감과 긍정을 습관처럼 담아내는 마음뿐이 아닌가 합니다. 하루에도 수백번씩 스스로를 긍정으로 세뇌하는 방법이요, 나를 변화시키려면 미련없이 버릴 것은 버려내고 남기지 말아야겠습니다. 후회라는 어리석은 감성 자체가 나를 과거의 불만족스런 모습에 가두어 버릴 테니까요. 미련이라는 아리송한 느낌은 욕심이 만들어 낸 하나의 불필요한 감성이아닌가 합니다. 예를 들어 잘못된 습관이나, 예전에 꿈꾸어 오던 것들을 이루지 못한 나에 대한 집착 같은 것들 말입니다. 그런 감성들은 새롭게 도전하고 이루어내고 싶은 목표들에는 분명한 방해요소가 될 뿐입니다. 스스로의 판단 하에 잘못 되었다 여겨지는 내 삶의 방식들은 고치려들면 얼마든 고칠 수 있는 습관들 입니다. 분명히요. 역시나 너무 많은 나태의 습관들이 한숨을 불러 나의 힘겨움을 만들기도 하더랍니다. 내공을 쌓아가 봅니다. 내 안에 어떠한 삶의고통이 다가와도 무너지지 않을 만큼, 단단한 나를 만들기 위한 기를 불어넣기 위해 나를 다스리는 방법들을 익혀가고 있습니다. 지금 그대의 삶이 힘겹습니까? 성공을 위해 쉬지 않고 걷고 있는 그대의 길 위에 잠시 고통의 순간이 찾아와 준 거라면, 지금 그대에겐 그대 스스로를 다스리기 위한 내공을 키우는 시간이 다가왔을 뿐임을 잊지 마시기 바랍니다.힘을 내시기를, 포기하지 마시기를 바랍니다. 가장 아름답게, 당차게 그대를 지켜나갈 수 있는 사람은 그대 자신일 뿐입니다. 그대를 지켜내는 긍정의 미소와 자신감을 쉬지 않고 세뇌시키는 습관이 그대를 변화시킵니다. 분명히요.

좋은 사람으로, 괜찮은 사람으로 살아가기

좋은 사람으로, 괜찮은 사람으로 살아간다는 건요. 이성에게 인기가 많은 삶이 아닙니다. 그렇다고 최고의 위치에 있어야만 하는 것도 아닙니다. 물질이 풍족한 사람으로 산다면 좋은 사람, 괜찮은 사람이 될 수 있을까요? 좋은 사람으로, 괜찮은 사람으로살아간다는 건요. 진심이 만들어 낸 소중한 사람에게 믿음을 줄 수 있는 삶일 겁니다. 참 괜찮은 사람으로 좋은 사람으로 인정받는 사람은요. 어떤 자리에 서 있던지 많은 사람들이 지지하고 따르겠지요. 많은 물질 세례로 좋은 사람 괜찮은 사람이 될 수 있다? 아닙니다. 아마도 짧은 시간, 잠시 잠깐일 뿐이겠지요.

★ 진심을 버리지 않는 사람

★ 겸손으로 사람을 따르게 하는 사람

★ 물질보다 귀한 마음을 함께 나누는 사람

좋은 사람으로, 괜찮은 사람으로 살다가 미소짓는 편안한 얼굴로 마무리하는 삶. 시간이 흐른 뒤에 인생 종점에 도착하면 그때나 알게 될 수 있을까요? 나는 정말 괜찮은 사람이었는지, 나는 정말 좋은 사람이었는지요. 부끄럼없이 좋은 사람, 괜찮은 사람으로 살아가는 인생이 결코 쉬운 일은 아닙니다. 그렇지만, 단 한사람에게라도 기쁨을 줄 수 있는 소중한 삶을 살아가고 싶은 생각의 시간을 만들어 귀하게 담아 봅니다. 마음에요.

스펙이란

능력이란, 알고 있는 지인이 쌓아 주는 게 아니다. 본인 스스로 노력하는 과정에서 자라나는 것이다.

주변인이 연예인이라 해서 내가 연예인이 되는 것이 아니다. 멋진 연예인을 알고 있고 멋진 일을 해내는 유명인을 알고 있다는 건 자랑거리임에는 분명하지만 그들은 분명 내 자신이 될 수는 없다. 부유한 지인의 현금이 그대의 것이 되는 건 결코 아니다. 노력의 땀방울이 쌓인 현금이 비록 작을지언정 진정한 그대의 것이다. 주변인이 화가이거나 유명한 사진작가라 치자. 그들과 그대가 동급이 아니라는 것은 정해진 사실이다.

스펙!

좀 더 나은 나를 만드는 일. 그대보다 나은 지인을 만들기 보단, 그대 스스로 무언가 되기 위한 노력을 하는 것이 정답이다. 알고 있는 지인은 지인일 뿐, 그들이 스펙이 될 수는 없다. 물론 언젠가는 도움이 될 사람으로 자리매김 할 수는 있겠지만, 그들은 결코 내가 아니다. 그림을 그리는 화가가 되고자 한다면 그림을 그려라! 노래하고 연기하는 아름다운 연예인이 되고 싶다면 피터지게 노래하고 대본을 외워라! 아름다운 이야기의 글쟁이가 되고 싶다면 습작 하는 것이 맞다. 누군가를 만나기 위한 노력 이전에 나를 계발하는데 부단한 노력을 하는 것이야말로 진정한 스펙이 아닌가 한다. 진정한 내면의 당신을 만들어라! 그대가 진정한 스펙이라는 자신감을 얻고자 한다면 말이다.

‘척’하며 살지 맙시다

인생, ‘척’하며 살지 맙시다. 말하자면 지금까지는 ‘척’이란 걸 하며 살아왔던 것 같습니다. 공부하는 척, 일하는 척, 잠자는 척, 아픈 척, 착한 척, 모르는 척, 또는 아무 일도 없는 척, 때론 잘난 척이라는 수많은 ‘척’들을 하고 살아왔죠.

어린 시절엔 공부하라는 부모님 말씀에 하기 싫었던 공부를 열심히 하는 척 해보기도 했었죠. 사회생활하기 시작하면서부터는 상사들의 눈초리가 부담스러워 일하는 척이라는 걸 해보기도 했답니다. 게으름 부리고 싶었던 날엔 아픈 척하며 모든 걸 회피해 보기도 한 것도 같네요. 사실 나하나 잘살면 되지 누굴 돕나하는 생각이면서도 누군가를 돕는 척도 했었을 거예요. 아마 어른이라는 멋진, 아니 부담 가는 위치의 사람이 되면서 부터는 별별 기가 막힌 일들을 다 겪어가면서도 아무 일도 없는 척, 강한 척 바보처럼 살아가기도 하고 있답니다.

가끔은요. 그래요, 아주 가끔은요. 가진 것도 없고, 내세울 것도 없는 나인 게 부끄러워서 잘난 것 하나 없었던 나를 잘난 척 으로 꾸며 보기도 했었죠. 이제야 지나치는 시간과 삶에 익숙해진 책임감들 그리고 인생이란 삶의 깊이를 알아가기 시작하고 있죠. 내 나이 중년이 되면서부터요. 그러면서 느껴지는 것 들 인데요. 그러지 말걸 그랬어요. '척' 하는 거요. 하기 싫은 공부는 하지 말걸 그랬지요? 그냥 하고 싶었던 일이 공부가 아니었다고 말할걸 그랬어요. 그랬더라면 어쩌면 난 이루어야 할 꿈에 더 가까이 와 있었을 수도 있었겠죠. 일할 땐 눈치 보기보단 어차피 해야만 하는 일, 더 열심히 할걸 그랬죠? 어른이 되어가며 힘들었던 일들은 누군가에게 털어놓고 이야기하고, 아무 일도 없지 않음을 알리고, 위로의 손길도 받았어야 했던 거 같아요. 도움의 손길을 나눌 땐 진심이라는 마음을 부었어야 했는데. 그리고 또, 잘난 나를 만들기 위해 '척' 이 아닌 열정을 퍼부었어야 했나 봐요.

아직은 남아 있는 시간들이 많아요. 중년이란 나이는 어찌 보면 성숙한 아름다움이 물드는 나이죠. 꿈꾸기에 너무 늦은 나이일까요? 아직도 꿈꾸고 이루어낼 수 있는 나이랍니다. 눈치 보지 않고 솔직하게 살아갈 수 있는 나이기도 하죠. 모진 세상살이의 많은 상처들이 겹겹이 쌓여 힘들다는 말을 반복하며 살아가는 나이 중년.

이제부터 전 솔직할 겁니다. 아프면 아프다 말할 겁니다. 하기 싫을 땐 좀 게으름도 피워 보렵니다. 힘드냐고 물어오는 타인의 질문엔 가끔은 힘들다 말하며 마음의 위안도 받아 보려합니다. 참, 중요한 건요. 아직은 꿈을 꾸고 싶답니다. 꿈꾸기에 늦지 않은 나이임을 깨달으려 합니다. 어린 시절부터 꼭 해보겠다고 했었지만 이루지 못했던 꿈들. 아직은 늦지 않음을 알기에 꼭 이루어 보려 합니다. 물론 몇 곱절 더 열심히 살아야 하겠지만요. 진짜 잘난 내가 한번 되 보렵니다.

잘난 척이 아닌 정말 잘나 보렵니다. 진짜 한번쯤 잘나봐야겠습니다.

나와 비슷한 중년의 그대들. '척' 하며 살지 맙시다. 멋지게 한번 열정을 퍼부어 보는 겁니다. 남은 인생, 수많은 '척'으로 보내긴 너무 아까운 시간들이니까요.

그리움이 짙은 오늘 같은 날엔

나 오늘, 그대를 실컷 그리워하고픈 그 맘인데
내가 그대를 눈가에 맺혀내는 이슬로
그리워하는 걸 허락 하실 건가요
귀에 익은 목소리로 그대를 살갑게 익혀내고
두 눈에 담긴 빛으로 그대의 얼굴을 선명하게 담아내고
묻고 대답하는 인사말에 그대 마음을 읽어 내리지만
가끔은 물음표 서너 개를 머릿속으로 그려 내고는 하죠
그대를 사랑하는 맘 너무도 가득한데
그대를 믿음으로 바라보는 맘 가득한데
가끔 바라보는 하늘에 그리는 그대의 얼굴은
아른거리다가 흩어져 버리는 구름처럼
이내 사라져 버리고 맙니다

나 오늘, 그대를 그리고 싶은 그 맘으로만 가득한데
내가 그대를 애가 타는 마음으로 그리워하는 걸 허락 하실 건가요
그리움이 짙은 오늘 같은 날에는……

아직도 머뭇거리고 있는 그대라면

분명 같은 하늘을 바라보고 있는데 느끼는 감성들은 왜 제각각인 걸까요? 오늘 하늘은 분명 맑았습니다만, 어떤 이는 눈가에 모아 두며 참아왔던 눈물을, 그 하늘을 바라보며 슬픔으로 떨어뜨리기도 하고, 또 어떤 이는 파랗기만 한 그 하늘을 시린 추위를 더하는 야속한 하늘로 바라보기도 하더랍니다. 하늘에 알록달록 색감이 가득한 희망을 띄워 아름다움을 수놓아 보고픈 생각들을 하기도 하죠. 가끔은 지나간 옛 사랑을 떠올리는 감성의 하늘, 그리움의 바탕하늘이 되기도 합니다.

본래 하늘이란 끝을 알 수 없는 공간이 깊고 깊어 아무런 색감이 없는, 말하자면 무채색의 물음표 같은 공간이 켜켜이 쌓여있는 공간에 불과하다는군요. 수분과 태양과 달, 별의 빛들이 통과하면서 만들어낸 빛깔이라지요? 우리가 바라보는 고운 하늘빛은요. 같은 빛깔의, 같은 하늘을 수많은 사람들이 함께 바라본다지만…… 저마다 다른 느낌으로 시야에 담아내는 까닭은 무채색의 빈 공간 위에 채우고 싶거나 기억하고 싶은, 마음의 그림들이 서로가 다르기 때문일 거라는 개인적인 생각을 하게 됩니다. 그 하늘에 아름답고 밝은 미래 모습을 가끔 그려 보는 시간을 갖는 것도 괜찮겠네요. 그 하늘에는 무엇이 건 양을 조절하지 않아도 끊임없이 가득 담아낼 수 있다 라는 생각을 멋들어지게 해봅니다. 그대와 나의 가장 희망적이고 아름다운 모습은 지금 어떤 모습으로 담기고 있을까요? 지금 생각하고 있는 아름답고 멋진 그대의 모습에 기분 좋은 미소가 번져오고 있지 않습니까? 그렇다면 밝고 아름답고 행복한 그대 모습을 당장에 그대 가슴에 새겨 넣으시길 바랍니다. 그대 가슴에 절대 잊혀 지지 않도록 깊숙이, 깊숙이 새겨 넣으시길 바랍니다.

깊이 담긴 나의 모습을 향해 하나씩 차근차근 지금부터 해야 하는 일들을 떠올려 보도록 하죠. 하나씩 떠오르는 그 일들을 지금부터 실천해 보는 겁니다. 마음 깊이 새겨 넣은 아름답고 행복한 그대의 모습을 위해서요. 준비 되신 거죠? 그렇다면 시작해 봐야죠. 행복한 나를 위해 아무런 노력도 없이 주저앉는다는 건 나를 버리는 일과도 같습니다. 그 누구도 아닌 바로 나를 위해, 그대를 위해…… 미치도록, 죽도록 열정 한번 쏟아 부어 보는 겁니다. 아직도 머뭇거리고 있는 그대라면 다시 한 번 처음부터 무채색의 그 하늘, 그 공간 위에 희망으로 가득 찬 아름다운 모습을 그려 보시기 바랍니다. 자연스럽게 미소가 떠오르거든 이제부터 다시 시작하면 되는 겁니다. 인생! 멈추지 말아요.

성탄 전날에

세상 모든 것들을 얼려버릴 듯 차갑게 불어오는 한기 가득한 바람 속에서 군고구마의 구수한 향기가실려 온다. 그 향기에 이끌려 맛나게 익어가고 있는 군고구마의 유혹을 이겨내지 못하고, 냉큼 향기의 근원으로달려가고야 만다.

"한 봉지에 얼마예요? 잘 익은 거루 한 봉지만 주세요. 냄새가 너무 좋아요."

"익은 고구마가 다 나가서 한 5분정도 기다려야 되는데 괜찮아요?"

고구마가 알맞게 익어 가기를 기다리는 동안 땔감 나무 타닥타닥 타들어가는 소리가 요란스러우리만치 커다랗게 들려오고 있었다. 따스한 온기를 주는 그 곁에서 오래도록 머물고 싶은 심정뿐이었다. 너무나 싸늘하고 춥기만 한 날씨였기에…… 게다가 구수한 향기가 주는 묘한 즐거움이 겨울날의 정겨운 한 장면을 엮어주는 듯 따스한 한때를 만들었기에 기다림은 문제가 되지 않았다.

며칠 후면 다가올 성탄절을, 고구마 아저씨께서 머리 위에 살짝 써주신 빨간 산타모자가 알려 주고 있었다. 그러고 보니 벌써? 성탄절이 다가온 모양이다. 어린 시절, 성탄절 전날이면 겨울바람이 추운 줄도 모르고 새벽 찬양을 다니다가, 인심 좋은 사람들에게서 받았던 달달한 선물들이 훈훈한 미소와 함께 떠오른다. 아기 예수의 사랑의 탄생을 알리는 연극제를 하기도 하고, 정말 산타 할아버지가 있다고 믿었던 어린 마음은 잠들기 전 아주 커다란 양말을 걸어 놓고 잠이 든 척 한 동안 눈을 감고, 인자한 모습의 산타할아버지를 설렘으로 기다리기도 했던 것 같다. 기다리고 기다리다가 이겨내지 못하는 눈꺼풀을 결국엔 감아 버리고, 어느새 잠이 들어버리던 기억들…… 사실은 산타의 선물이 아니라는 건 알았었지만, 어린 시절의 감성을 자극하던 성탄특선 만화나 영화를 보며 순수한 산타마을이 있다고 믿고 싶었는지도 모르겠다.

지금의 난 아이들에게 산타엄마가 되어 선물을 주어야하는 나이가 되어버렸다. 밤의 화려함을 불러오는 네온의 불빛이 하나둘 켜지기 시작한다. 어디선가는 해마다 이맘때쯤이면 들려오던 오래된 추억의 겨울 노래가 들려오기도 한다. 잠시 시리던 마음도 잊게 만드는 익숙한 겨울 노래들과 함께 입가에는 어느덧 살그머니 미소가 번진다. 가끔은 설렘의 날이 되기도 하고, 외로움의 날이 되기도 하던 성탄절. 벌써 수십 해를 거듭하며 또 다시 다가온 성탄절. 올해는……

"다 익었네요. 5000원입니다. 맛있게 드세요."

찬바람 속에서 따신 한 때를 머물게 했던 고구마 구이통 앞에서의 지난날 회상을 뒤로 하고, 아쉽지만 또다시 차가운 거리로 나설 수밖에 없었다. 올해는 어떤 의미의 성탄절이 다가와 주려는지. 집으로 가는 길, 군고구마 봉지를 든 손은 한참 동안이나 찬바람 속에서 따시기만 했다.

봄 마중

타인에게서 찾으려 해도 찾아 볼 수 없는 게
내 삶의 모습이라 하죠?
스스로에게 물어도 대답 없는 가슴이 반항하기도 하는 게
내 삶의 모습인가 봅니다
내 삶의 모습은 내 안에서 가꾸어야만 한다는데
멍 때리는 시간만 많아집니다
타인에게서 찾으려 해도 찾아 볼 수 없는 게
내 삶의 정답이라 하죠?
내 삶의 정답을 찾아 멍 때리는 시간으로부터
멀고 깊은 마음여행을 떠나 봅니다
시린 겨울 인생같은 쓰디쓴 바람의 삶과 동행하며
봄바람 불어오는 인생을 마중 갑니다
내 삶의 친구였던시린 겨울 인생!
아쉽지만 봄바람 앞에선 헤어져야겠습니다
시린 인생 친구!
시원섭섭하지만 이젠 안녕, 영원히 안녕

보고 싶은 말숙아

유난히 맑은 하늘을 좋아하던 말숙이. 빗방울 뿌리던 날이면 울적한 하늘가에 옛 기억을 떠올리며 슬픈 사랑노래를 따라 부르곤 했던 말숙이였다. 바쁘고 정신없는 날이면 다 늦은 시간에야 라면 몇 젓가락으로 끼니를 때운다며 바쁘기만한 삶을 푸념하기도 하던 말숙이였다. 언제부턴가는 하루 일과를 주저리, 주저리 망설임 없이 떠들어 대던…… 재미난 말투를 섞어 넣은 그녀의 이야기들을 듣는 나는 입가에 웃음을 지을 수밖에 없었다.

이른 아침 출근길엔 어김없이 밝은 하루를 여는 힘을 맑고 커다란 목소리로 토해내곤 했던 그녀였다. 새로 시작하는 모든 일들이 낯설고 힘겨워 보이는 그녀였지만, 아무런 내색도 없이 묵묵히 해내던 말숙이. 그런 그녀의 삶에 그저 무의미한 미소로 대답하던 모든 일들이 미안하고 안쓰럽기만 하다. 언젠가는 그리움의 옛 이야기를 꺼내다가 울컥 눈물을 고여 내던 여린 모습의 그녀를 보기도 했었는데…… 흐릿한 옛 기억을 더듬거리게 만드는 하늘이 그녀를 문득 떠오르게 만든다. 오늘따라 하늘이 유난히 맑아서인가?

유난하게도 맑은 하늘이 좋다던 별명이 '말숙이'였던

내 모든 시간을 함께했던 그녀의 미소가 그립다.

가치를 만드는 만오천 원

"만오천 원짜리 물건을 하나 구입해 백오십만 원의 값어치를 만들 수도, 천오백만 원의 값어치를 만들 수도 있습니다. 돈을 잘 쓴다 라는 말은 적정한 돈으로 최고의 가치를 만드는 곳에 쓰여질 때 하는 말입니다."

'만오천 원'

마주하는 점심 한 끼, 먹어버리고 나면 그만인 아주 적은 돈에 불과하죠? 누군가는 적은 그 돈으로 생활영어책을 사서 보았을지도 모르겠군요. 그리고는 죽어라 외우고 또 외우고…… 생활영어를 열심히 익혀내고 있었다면, 만오천원짜리 생활영어책은 언어의 습득으로이어진 더욱 큰 가치로 존재하게 되었을 겁니다.

누군가는 만오천 원으로 털실 서너 뭉치를 사서 따듯한 장갑 한 켤레를 짰을런지도 모르겠습니다. 털실로 짠 작은 선물이 아이의 손이든, 남편의 손이든, 소중한 사람에게 따스함으로 전달되었다면, 값진 선물이 되어 예쁜 가치로 남기도 했었겠지요. 어떤 이는 만오천 원으로 닭 한 마리와 야채 등을 구입하고, 온 가족이 맛나게 먹어 줄 요리를 만들어 행복한 한 끼니를 장만하기도 했었을 거예요. 소중한 사람들의 맛난 한때를 행복의 가치로 만들어 낸 거겠죠. 적은 액수의 돈이지만 불우한 이웃을 돕는 귀한 돈으로 쓰여 졌을 수도 있었겠네요. 모두가 적은 돈으로 소중한 가치를 만들어 낸 쓰임들이었죠.

'만오천 원'

적은 돈이지만, 쓰여지는 용도에 따라 달라지는 가치로 변화합니다. 우연치 않게도 지금 내 지갑 속에는 만오천 원이라는 적은 현금이 있습니다. 당장에 이 적은 돈으로 만들어 낼 수 있는 가치는 무엇이 있을까. 곰곰히 생각해보게 되더랍니다. 만오천 원이라는 작은 돈으로 가장 큰 가치를 만들어 낼 수 있는 일이 무엇이 있을까 하구요. 언제부턴가 우리는 적은 돈의 소중한 가치를 잊어왔던 건 아닌지 모르겠습니다. 있어도 그만, 없어도 그만, 우습게 여겨 왔던 적은 돈, '만 오천 원'

그 소중한 가치를 깨우치며, 마음에 백억쯤 되는 마음 양식을 쌓을만한 책 하나 구입할까 합니다. 스스로 내 마음을 다독거리며 가슴에 희망으로 가득 채워 나갈 수 있는 책 한 권을 구입하려 합니다.

지금 그대의 소중한 만오천 원은 어디에 쓰여 지고 있습니까?

"만오천 원짜리 물건을 하나 구입해 백오십만 원의 값어치를 만들 수도, 천오백만 원의 값어치를 만들 수도 있습니다. 돈을 잘 쓴다 라는 말은 적정한 돈으로 최고의 가치를 만드는 곳에 쓰여질 때 하는 말입니다."

인생……
신중하게 조각해야 하는
그대만의 소중한 작품입니다

할 수 없을 것만 같은 힘겨운 일에 직면하면 간혹은 포기를 선택 한다던가, 신에게 이루게해주십사 간절함으로 매달리게 되더군요. 간절함을 구하는 기도를 할 때에는 나의 노력을 위한 기도를 해야 하는 게 맞겠죠? 잠만 자고 있는 나에게, 기도로 구하는 간절함이 이루어질 이유가 전혀 없으니까요. 아무리 눈물 섞은 간절한 기도를 한다 해도 반드시 이루어진다라는 말은 할 수가 없습니다. 기도를 통한 반복적인 마음의 다짐을 하고 몸으로 실천하는 동안에 이루어지는 것들이 많다라는 이야기만 할 수 있겠습니다.

흡족하고 보기 좋은 삶의 모습! 포기한다거나 게으름 또는 나태로 포장되어진 움직임 없는 삶 속에서는 마주하기 어렵습니다. 인생은 아름답게 조각해야하는 나만의 예술이고, 작품이 아닌가 합니다. 아름다운 조각 작품으로 장식될 예술적인 인생. 차분한 마음으로 신중하게 다듬어 가야겠습니다. 마음의 다짐을 신에게 약속하는 간절한 기도와 움직임을 만드는 노력이 가미된 실천의 기도로 아름답고 예술적인 인생을 만들어가야겠죠?

인생……신중하게 조각해야 하는 그대만의 소중한 작품입니다.

건강한 삶이
멋진 인생이야기를 만들어 갑니다

바쁜 시간의 삶이 활력을 만들고 행복을 만들어 가기도 한다지만 바쁜 삶속에서도 놓지 말아야 할 것들이 있다면, 사랑하는 가족들이지 않을까 합니다. 꼭 지켜내야 한다 생각하는 내 가족들이요, 목적 있는 바쁨을 만들어 시간의 생명력을 과시하는 삶도 좋다지만…… 사랑하는 내 사람들을 지키기 이전에 해야할 일이 하나 더 있다면, 나를 지켜내는 일이 선행 되어야 하지 않을까 하네요. 먼저 나를 지키려거든 건강한 삶이 우선이 되어야 하지 않을까 합니다. 소중한 내 사람들을 위해 건강한 마음과 몸부터 만들어야겠습니다. 건강은 모든 일에 기초가 되는 버팀목이니까요. 한 인생의 주인공 이야기에 귀 기울여 봅니다. 몸이 부서져라 일만 하던 한 사람이 한 순간에 다가온 나약해진 몸 때문에 시간을 정해놓은 생명과 다투고 있더랍니다. 아직은 젊은, 멋진 인생의 주인공이 되어야 할 아름다운 나이의 사람이었는데 말입니다. 살아가다 보니 물질로 인생의 행복을 가질 수 있다고 생각했던 건 착각이었다는 생각이 들더랍니다. 행복의 가치를 부유한 삶이 전부 해결해줄 수 있을 거라 믿었다하네요. 아픈 몸이 인생의 기운을 빼앗아가기 시작하면서 후회로 남는 건 건강한 마음과 몸이 먼저였음을 너무 뒤늦게 깨닫게 된

거라 하더랍니다. 건강하지 못한 몸은 결국엔 주변사람의 행복한 웃음 마저 빼앗게 돼 버리고 말죠. 최선을 다해 살아야 하는 인생이 맞지만, 행복의 최우선 바탕은 건강임을 잊지 말았으면 합니다. 해가 바뀌는 즈음에서 건강한 인생의 주인공으로 살아가기 위해 내 자신의 육체와 마음의 건강부터 만들어야겠다는 다짐을 합니다. 행복의 기본 바탕을 위해서요. 시간을 만들어 가는 그대, 건강한 인생의 주인공으로 생명력이 넘쳐나는 멋진 인생이야기를 만들어 가길 바랍니다.

욕심 다이어트

몸에 필요 이상의 지방질을 쌓아 보기 흉한 불필요한 살들을 만드는 것은 잘못된 식습관이나 식탐 때문에 비롯됩니다. 잘못된 식습관은 불필요한 콜레스테롤을 쌓아 혈관질환이나 각종 질병을 만들어 내기도 한다죠? 그것들은 건강하지 못한 몸을 만들어 빠른 육체의 노화를 촉진시켜 심지어는 생명을 단축시키는 역할까지 하게 되죠. 식탐처럼 필요치 않은 그릇된 욕심! 마음에 쌓은 그릇된 욕심은 잘못된 식습관으로 만든 불편하고 버거운 육체의 모습과 마찬가지로, 일그러진 인생의 모습을 만들어 가기도 합니다.

내 것이 아닌 것…… 물질이든 사람이든 재능이든 가질 수 없는 것, 또는 갖지 말아야 할 것들에 대한 잘못된 욕심은 마음에 불필요한 지방을 쌓아가기도 할거예요. '남의 떡이 더 커 보인다' 라는 옛말이 있습니다. 내가 가진 것보다 항상 남이 가진 재능이나 물질의 양이 더 커보이고, 남의 사람이 더 매력적으로 보이는 것은 누구나 가지고 있는 시기심이 가득한 욕심의 마음이기도 하죠. 또한 잘라 버려야 할 마음이기도 합니다. 그러나 더욱 중요한 사실은

★ 가지고 있는 나의 재능을 무시하지 않는 일.

★ 내 곁에 가까운 있어 너무나 편안한 나머지 아무 느낌도 없는 매력의 내 사람이, 다른 사람의 눈에는 멋진 매력을 가진 사람으로 보일 수 있다는 사실.

★ 내가 가진 물질의 크기가 누군가의 눈에는 부러움의 크기일 수도 있다는 사실쯤은 알아야 할 것입니다.

'소 잃고 외양간 고친다'는 말도 있습니다. 너무 가까이 있어 보이지 않는 소중함부터 지켜나가는 것이 현명함이지 않을까 합니다. 내가 가진 재능, 사람, 그리고 물질을 지켜내는것이 가장 현명함임을 잊지 말아야겠습니다.

★ 남의물건 탐내다가 도둑이 되지 말아야겠죠?

★ 남의사람 탐내다가 마음에 커다란 상처와 아픔을 만들지는 말아야겠습니다.

★ 남의 재능을 부러워하기 이전에 내가 가진 재능을 먼저 키워 나가도록 노력하는 것이 맞지 않을까요? 사람이기에 마음으로 키우는 욕심이란 어쩌면 당연한 심리적 욕구인지도 모릅니다.

그렇지만, 사람이기에 자제력이라는 중요한 절제의 힘도 가지고 있다는 것을 명심해야 하겠습니다. 가질 수 없는 대상을 탐하는 무모하고 가치없는 욕심. 현명한 사람이라면 눈으로 바라보는 외면, 형상의 욕심을 키우지 않겠지요. 내면이 아름다운 모습으로, 자신을 만드는 열정에 욕심갖는 현명함을 키워가는 사람으로 살아가야 하겠습니다. 시간이 흐른 후, 좀 더 멋진 모습의 나를 만들기 위해 노력해야겠습니다.

지나온 날들을 후회와 한숨의 기억으로 가득 채우는 어리석은 행동만큼은 허락하지 말아야하니까요. 그릇된 욕심, 알면서도 담아보는 잘못된 욕심, 이제부터 조금씩 버려 나가는 '욕심 다이어트'로심플하고 멋진 모습의 인생을 만들어 보아야겠죠? 주어진 인생, 멋지게 꿈과 희망 열정으로 가득하게 살찌워 야무지게 한번 살아 보는 겁니다.

여행

함께하는 사람 없어 혼자여도 좋다
기찻길 달리는 덜컹 소리와 이야기하고
바라보이는 창밖 풍경과 눈 마주치면 된다
바리바리 챙겨야 할 짐 없어도 좋다
배낭에 짊어지고 가야하는 준비물은
달랑 일그러진 마음 하나면 족하다
덜컹대는 소리와 함께 향하는 그 곳에는
푸른 산과 바다가 없어도 좋다
내 일그러진 마음하나 감싸 안아줄
푸근하고 따듯한 햇살만 가득하면 족하다
그리고
비워진 마음으로 돌아오는 길엔
햇살담은 온기만 가져올 수 있다면 좋겠다

'고마워요. 정말'

진심으로 고마웠던 사람들에게
잊지 않고 전할 수 있는 감사의 마음이
곱고 아름다운 마음임을 알면서도
감사할 일들 가득한 세상살이였건만
바쁨 핑계 삼아 잊고 살아온 나날들
망각쟁이가 되어 교만했던 건 아니었는지
살아감 속에 시간을 쌓아올린 날들
평온함과 안식을 주었던 가족들이
충전의 쉼터를 만들어 주었었고
위로의 한마디를 건네주던 사람들이
도망치고 싶었던 겁쟁이 같던 삶에
자신감을 심어 주기도 했었다
사랑의 온기를 주었던 사람이 있어
진정 가치 있는 사랑이 무엇인지
깨닫게 해주기도 했었지, 아마
응원의 말로 힘을 실어주던 사람들

그들로 인해 일어서는 두 다리에
힘을 가득 실어 보기도 했었던 것 같다
살며, 살아가며, 살아내며……
내 곁을 지켜준 아름다운 마음들에
아무런 표현도 못했던 얼간이 같던 내가
부끄러운 진심으로 남기는 한마디
'고마워요. 정말……'

너!
아직도 외로운 거니? 이젠 외롭지 말자

많은 사람들이 곁에 있어도 시간을 더해감에 외로움이란 단어를 깊숙한 가슴에 묻어내고 마는 너와 나의 삶. 외롭다 생각이 드는 날이면 어김없이 짓궂은 날씨와 마지막 인생 역을 향하는 나이를 탓하게 되더구나. 내리는 울적한 봄비와 외로움의 날개 짓으로 흩날리는 시린 꽃잎에 깊은 감성이 스며드는 건 너와 나의 닮은꼴 모양새 인생이었지. 서로 닮아 돌고 있는 생의 시계가 쉼 없이 '째깍'거리고 있지만, '째깍'소리를 내는 인생초침은 어느 곳으로 어떻게 흘러가게 되려는지 궁금하기도 두렵기도 하다. 그 속에서도 너와 나는꿈을 향한 희망과 용기를 잃을 수 없었고, 열정을 부을 공간을 만들어 나가야만 했었잖아. 가슴에 품은 희망의 꿈을 가진 너와 나의 시계방향은 언제나 제자리걸음만 하지는 않을 거야. 분명히 꿈을 향해 가고 있는 과정의 길 위에 서있는 너와 나라면 열정의 시계 바늘이 멈춤없이 돌아가게 될 거야. 어쩌다 한번쯤 실패를 한다 해도 다시 일어날 시계의 바늘이 돌아가게 되겠지. 움직임을 만드는 지금 이 시각에도 생의 시계는 결코 멈추지 않을 테니까. 같은 방향으로 돌아가는생의 시계를 마주하고, 함께 하는 너와 나이기에 외로움쯤은 함께라는 단어 속에 묻어보기로 하자. 각자 다른 꿈을 향하고

는 있지만 같은 하늘을 함께 바라보고, 서로 감싸는 위로와 격려를 나눌 수 있는 너와 내가 함께인데,

너! 아직도 외로운 거니? 이젠 외롭지 말자.

아침을 밟은 흔적

이른 새벽시간
앞으로 다가 올 미래라는 공간을
채워나가게 될 기대감과 불안감의
엇갈린 감성으로 선잠에서 깨어난다

꿈을 꾼다
멋진 꿈도 아니고, 화려한 꿈도 아니다
다만, 하고자 하는 일에 무사함과
달그락 소리가나지 않을 만큼
조용하고 차분하게 이루어져 가는 꿈을 소망한다

새벽이슬이 얼음구슬로 엉겨 붙어
추위를 실감케 하는 아침이 다가오는 새벽을
조용히 맞이한다

든든한 아침의 배를 불려 줄 끼니가
익어가는 밥솥에는 쌀알들의 구수한 내음과
알맞게 익어가는 기름진 소리가 들려온다

한 두 시간 쯤 후엔
변함없는 일상의 바쁜 옷과 신발을 신고
새로이 열어가게 될 아침이 밝아 오겠지

구겨진 신발을 바로 신고
분주한 발걸음에 상쾌한 공기를 실어
아침을 밟아가게 될 것이다

똑같은 일상의 반복 속에서도
자고 나면 한 뼘의 마음만큼 자라난 꿈의 크기
매일 같은 아침을 밟은 흔적을 차곡하게 쌓아
한 치, 한 치 꿈을 향해 다가선다

이른 새벽시간, 선잠에서 깨어

매일의 아침을 밟은 흔적을 또다시 준비한다

기억함이 아프다, 슬프다

기다림이 얼마나 힘든 건지 아는 거니
억지 잠을 청해 본다 해도 이룰 수 없는 잠
함부로 나, 널 사랑 하지 말았어야 했다
이렇게 아픈 건지도 슬픈 건지도 몰랐다
아픔, 슬픔 섞은 지독하게 쓴 커피 한 잔을 탔다
프림, 설탕 들어가지 않는 쓰디쓴 에스프레소
다시는 달콤한 사랑의 향기를 맡을 수 없도록
슬픔의 쓰디쓴 향기를 마신다
너의 기억이 너무 쓰다
프림 ,설탕 들어가지 않는 쓰디쓴 에스프레소
아픔의 쓰디쓴 향기를 마신다
너의 기억이 너무 쓰다
그런데도……
다시 찾아온 너의 기억으로 아픈 가슴은 뭔지
눈물의 하루가 수없이 지나쳐가고 나면 잊혀 질 거라는 걸 알아
아픔도 슬픔도 사라져……
기억함이 아프다, 슬프다

잊지마,
넌 행복을 만드는
멋진 사람이라는 걸 잊지 마

잊지마

넌 언제나 긍정의 미소를 짓는 사람이라는 걸

그 미소로 곁에 있는 사람들에게

밝음을 선물하는 맑은 사람이라는 걸

잊지마

넌 사랑의 마음이 가득한 사람이라는 걸

넉넉한 사랑을 나누어 소중한 이에게

행복을 주는 멋진 사람이라는 걸

잊지마

넌 최고의 인생을 만들어 가는 사람이라는 걸

모진 고통 속에서도 인생 최고의 너를 만들어 나가는

아름다운 사람이라는 걸

잊지마

넌 밝은 긍정의 미소와 넉넉하고 푸근한 사랑으로

모두를 행복하게 만드는

최고의 인생을 살아가는

맑고 아름답고 멋진 사람이라는 걸

절대 잊지마

이별

이제 우리 서로 아픈 기억에서 버리자

너에게 더하는시간이 조금만 흐르고 나면
아마 나 같은 사람 쉽게 잊혀 질지도 몰라
널 잊을 수는 없겠지만
너에게 잊혀 가고 싶지 않은 나지만
그래도 널 위해서…… 널 위해서……
그리고 날 위해서…… 날 위해서……

어쩔 수 없었던 힘들고 아픈 선택이었다는
그것만 알아주길 바라는 마음이야

가슴 아프게 깨달았거든
나로 인해 행복해질 수 없는 너란 걸
너의 가슴도 알고 있었을 거야
너로 인해 행복해질 수 없는 나란걸

언젠가 너에게 했었던 그 말
뭐가 뭔지 모르겠다던 그 말
어찌해야 할지 모르겠다던 그 말

처음부터 우린 잘못이었던 건 아니었는지
사랑인지 집착인지 알 수 없었던 불안한 마음이
너무 아프게 스며와 견디기 어려웠던 건지도 모르겠다

내 마지막 부탁은
네 곁에 있는 그 사람
마음 아프게 하지 말기를 바라는 마음뿐

너와 나의 아픈 기억이 희미해질 만큼
시간이 흐른 후에 그때 한번쯤은 기억해줄래?

아니, 꼭 기억해줘!

하늘에서 슬픈 비가 내리기 시작하거나
쓸쓸한 눈송이가 흩날리기 시작하는 날엔
그런 날엔
그리움으로 가득한 편지를 띄워 내던 내 이야기들을
이제 우리 서로 아픈 기억에서 버리자!

단 둘이 비밀 만들기

아무도 알지 못하는비밀 하나 만들어 볼까 봐요

삼박 사일 비밀 만들기. 머리는 살짝쿵 아파오지만
아무도 눈치 챌 수 없는 비밀 하나 만들어 볼까 봐요
들여다 볼 수 없는 마음창고 한 구석 쯤에 쌓아 볼까 봐요
사랑한다 말한 약속을 담아 비밀 하나 만들어 볼까 봐요
마음에 담아 낸 추억 하나쯤 곱게만 간직할 소중함으로
단 둘이만 아는 추억이야기로 비밀 하나 만들어 볼까 봐요
마음에 숨겨 놓은 비밀 서랍에 그대를 차곡차곡 정리해보는
그대와 나 함께한 추억을 담아 비밀 하나 만들어 볼까 봐요
그대와 내가 간직한 소중함을 비밀 이야기로 가두어 봅니다
함께 속삭이던 사랑의 이야기, 비밀 하나 만들어 볼까 봐요
그대와 나만이 기억하게 될, 단 둘만의 비밀 하나 만들어 볼까 봐요

단 둘이 비밀. 저장완료!

그리움……
구속 VS 자유

그리움에 얽매인다는 건
그리움의 대상에 마음이 귀속되어 있는
일종의 구속력이 포함된 감정이다

그리움의 구속에서 벗어나는 마음의 자유란
어쩌면 그리움의 대상을
마음에서 놓아 버리는것일 수도 있다

그리움의 대상이 아픔만 가득한 존재라면
마음에서 비워내는 자유를 택하는 것이 맞다
저며 오는 아픔과 슬픔의 고통스런 마음에서
자유로이 벗어나기 위해서 말이다

그리움의 대상이 기쁨이 가득한 존재라면
가득 채워가는 행복으로 간직하는 것이 맞다
설레오는 기쁨과 행복의 벅차오는 마음으로
가득하게 채워지게 될 테니 말이다

아픔과 슬픔으로 가두어 놓은 그리움과
기쁨으로 벅차오르는 그리움의 행복한 자유
선택은? 언제나 그대 마음의 몫일 수밖에 없다

용기

두려움이 막아서는 마음에 필요한 힘이 새로 시작할 수 있는 '용기'라네요. 수 없이 힘든 일이 불현듯이 다가와 비웃어대지만, 또다시 일어설 힘! '용기'를 다시 꺼내어 봅니다. 인생고비 지나고 나면 다시는 찾아오지 않을 듯하지만, 그 놈의 시련은 주책 맞게도 잊을 만하면 다가오고, 살만하다 싶으면 다시 다가오고, 그렇지 않던가요? 그렇더라도 지나왔던 힘겨움에 비하면 별거 아니더랍니다. 지나온 날 나를 힘겹게 하던 삶보다 다시 다가온 힘겨움의 삶은 아무것도 아니더랍니다. 이미 겪어왔던 삶의 내성으로 마음을 단단히 무장시켜왔었기에, 힘든 삶에 대한 면역이 생겼던 까닭으로 아무것도 아니더랍니다. '이정도 쯤이야 얼마든 이겨낼 수 있다!' 이렇게 단단한 마음의 무기를 만들어 두었으니까요.

주제넘게, 꼴 보기 싫어도, 자꾸만 보란 듯 찾아오는 얄밉고 보기 싫은 인생이 근사하게 가르쳐준 교훈은두려움을 떨쳐낼 수 있는 '용기'라는 힘이더랍니다. 유독 그대에게만 힘든 삶이 다가 오던가요? 귀 기울여 들어보니 모두가 미칠 것만 같은, 힘든 사연 하나쯤은 품고 숲길을 걷고 있더랍니다. 버티어내기 힘든 불안하고 두렵기만한 삶. 그대와 나에게는 이미 '용기'라는 무섭고 놀라운힘이 있다는 믿음이 있다면 두려울 게 뭐가 있습니까? 그대와 나에겐 '용기'라는 최고의 인생 무기가 있습니다. 그대! 아직도 주책 맞게 다가오는 시련이 두렵습니까?

그대의 아름다움은 내면의 향기로 남겨집니다

누군가에게 '아름답다' 라는 표현을 할 때에는 사람의 외면만을 보고 말하지는 않습니다. 품어져 나오는 내면의 향기, 인성이나 표정, 말투, 흐르는 분위기로 전해지는 '느낌'이라는 감각으로 아름다움을 받아들이게 되는 것일 테죠. 처음 대면하는 사람에게는 첫 인상과 옷 맵시 등 눈으로 보이는 외면의 모습으로, 쉽사리 평가라는것을 하게 되는 건 당연한 이치랍니다. 멋지고 화려한 첫인상이 아니어도 됨됨이와 인품이 흐르는 그대의 향기에 모두들 아름다움과 존경의 시선을 보내는 것은, 어쩌면 내면의 향기가 가득한 그대를 느낌으로 알아보기 때문일 거예요.

마음의 창문을 열어 진실한 대화를 나누는 그대. 아름다운 가치를 만드는 내면 향기를 가진 그대는 수많은 사람들로부터 존경의 시선을 받게 될 거라 생각합니다. 진심 같은 거짓의 마음 아니, 거짓으로 얻은 존경이었다면 언젠가는 무너지기 쉬운 탑의 모습을 드러내고 말 거예요. 거짓으로 쌓은 탑은 견고할 리가 없으니까요. 마음을 감추는 일보다 더욱 어리석은 일은 진실 되지 못한 마음, 상대를 후리는 속임수로 얻은 존경임을 깨달아야 하겠습니다. 목표하고자 하는 꿈의 열정이든, 이루고자 하는 어여쁜 사랑이든, 만들고자 하는 맛있는 음식이든 진심과 정성으로 대하는 모든 것에는 아름다움이 베어나기 마련입니다. 그대와 나의 얼굴에 스며드는 세월의 진정한 깊이는 스스로 만들어 가는 잔잔한 인생그림이기도 합니다. 주름이 하나 둘, 시간의 흐름으로 그대의 모습을 변화시켜 갈지라도 아름답고 평온함으로 만든 깊은 그대의 주름은 그대의 아름다움을 표현하는 값진 인생의 그림으로, 은은한 향기를 가진 내면의 아름다움으로 모두에게 비추어질 것이 분명합니다. 그대의 모습이 꼭! 그렇게 되리라 믿습니다.

느낌

잠을 이루지 못하는 네 불안한 가슴을 소리 없이 느껴
가끔씩 슬픔에 빠져 눈가에 맺혀내는 네 눈물을 느껴
그러다 소리 없는 눈물이 내게도 흘러 잠이 오질 않잖아
그러다 심장이 두근거리며 심하게 흔들리는 내 가슴을 느껴
정말 잘한 거라고…… 이제 그만하자고 내 가슴은 말을 해
그래 더는 더 이상은 아프지 말자고 내 머리는 끄덕거려
이별이 아픈 너를 느껴…… 이별이 아픈 나를 느껴……
잠을 이루지 못하는 아픔의 숨을 쉬어 내는 너를 느껴
눈물을 집어 삼키는 가슴이 토해 내는 네 목소리를 느껴
그러다 고통스런 숨을 쉬는 내 느낌에 가슴을 빼앗겨
그러다 눈물이 흘러 가슴을 파고드는 통증을 느껴
정말 잘한 거라고 이제 그만 하자고 내 가슴은 말을 해
그래 더는, 더 이상은 아니라고 입가는 슬픈 미소를 짓는다
이별이 아픈 너를 느껴…… 이별이 아픈 나를 느껴……

회전하는 삶의 이치를 믿어라

인생 엿 같다고, 지랄 같다고
죽고 싶다 말하는 사람들아
제발 너를 위해 살아라
삶은 신이 주신 위대한 선물
그 선물을 받은 대가로
아무리 힘들고 지치더라도 살아야만 한다
살아가라!
더럽고 추한 배신의 늪이 가득한
거짓 같은 삶도 살아가다 보면
한번쯤 아름답게 살아갈 날 들도
분명 다가와 준다 하더라
회전하는 삶의 이치를 믿어라!
포기하는 삶을 택하는 어리석음은 신의 선물
그 값진 가치를 버리는 일과 같다
돌고 돌아 찾아오는 다양한 인생
한번쯤 멋지게 살아봐야 않겠나?

가슴에 고이는 내 어머니,
당신 모습이 유난히 그리운 날입니다

나이가 들어 당신 모습과 닮아가는 모습인데도
당신 눈에 왜 항상 내가 젖내 나는 어린사람이었는지
이제는 조금 알 것 같습니다

나를 바라보는 당신의 눈빛에
왜 항상 안쓰러운 이슬이 고여 눈가를 적셔왔었는지
이제야 조금은 알 것도 같습니다

이골이 나고 서러운 세월을 참아 살아온 당신이
왜 내 앞에서만큼은 웃음을 잃지 않으려 하셨는지
이제야 아주 조금은 알 것 같습니다

뼈마디가 비어가고 살이 깎여가는 당신이
힘에 겨운 통증을 말없이 참아 낸 까닭이 무엇이었는지
이제야 정말 조금은 알 것도 같습니다

당신이 살갑게 내 이름을 부르고
당신이 고통의 눈물을 말없는 가슴으로 흘려내고
당신이 견디어 온 모든 시간들이
못난 내 모습때문이었음을 이제야 조금씩 알아갑니다

가슴에 고이는 내 어머니
당신 모습이 유난히 그리운 날입니다

마음은 가끔 환기시켜야하는 공간

이봐요!

그대가 답답한 마음

울컥한 마음으로 가득한

시간을 맞이하고 있었다면

시원 상큼한 아침

들이 쉬는 깊은 숨 한번으로

아침, 그 바람을 가슴깊이 담아 봐요

고약스럽게 꼬여가는 답답한 인생살이

품어봐야 마음앓이라면

그 마음은 멀리멀리 보내 버려요

가슴에 담아봐야 끓어오르는 한숨뿐이라면

그 마음은 먼지처럼 털어버려요

울컥 멈춘 듯 하는 가슴 두 눈에 흐르는

슬픔 섞은 화병이라면

그놈의 화병 따위는 땅위로 털어내 버려요

들이 쉬고 내어 쉬는

속 시원한 아침 숨에 모두 털어버려요

이봐요! 마음의 창문도 가끔씩은 활짝 열어

환기 시켜야하는 공간이라는 거 알아요?

그대를 잊어가는 방법 찾기

그댈 잊으려 하는 하루가 또다시 지나갑니다.
생각만큼 덤덤해질 수 없었던 하루가 지나갑니다

그댈 잊기 위해 엉뚱한 곳을 찾아 헤매 다니고
그댈 잊기 위해 먹지 못하는 음식을 먹어도 봅니다
그댈 잊기 위해 두꺼운 책을 펼쳐보기도 하고
그댈 잊기 위해 억지웃음을 지어 보기도 합니다
그댈 잊기 위해 코믹 영화를 보러 가기도 하고
그댈 잊기 위해 바보스런 사진을 보기도 합니다
그댈 잊기 위해……
그댈 잊기 위해 발버둥 쳐보지만
그댈 잊어가는 동안에 미친 가슴만 알아갑니다
그댈 잊기 위해 잠드는 꿈속에서 만큼은
제발, 제발 나타나지 말아 줬으면 좋겠습니다
그댈 잊기 위해 나 한잔 술에 기대에 잠이 들려 하니까요
매일 그대를 잊어가는 연습을 해야만 하는 나지만

내일 또 그 방법들을 하나하나 찾아가야겠습니다
그대를 잊어가는 서글픈 방법을 찾아 헤매던
몹시도 아픈 하루가 한 번 더 지나가 버립니다

잔소리

하루를 시작 할 때에는
치아를 드러낸 하얀 미소부터 시작해야해
그래야 네 하루가 햇살처럼 밝아질 거란다

아침,점심, 저녁
든든하게 먹어주는 건 기본, 밥 잘 먹어야해
인생 어차피 든든한 밥심으로 열어간다잖아

신발 구겨 신으면 복 달아난다더라
걸을 때 불편하지 않도록 잘 맞추어 신어야해
편한 발걸음이 하루의 피로를 덜어 준다잖아

운전 중에 핸드폰?
정신없는 도로 길 주행에 한 눈이 왠 말이니
서두르지 말고 차분하게, 너 다치는 거 못봐 난

짧은 계절이 차례로 바뀌어 갈 때에는 아린 바람이 불어 온댄다.
지독한 감성감기 앓지 말고 미리미리 마음에 예방접종 잘 하렴

그리고 자꾸만
힘들다, 지겹다 말하면 정말 힘겨울 뿐이야
말하는 대로라잖아, 그러니까 언제나 밝은 말만

똑같은 내 잔소리
오늘 또 했지만 지겨워도 딱 한번만 더 들어
네 귀가 따가워진데도 내 마지막 잔소리니까

그리고…… 아프지 말자!

다 괜찮아지니까

부탁이야
슬픔의 감옥에 갇히지 말자
영원히 슬픈 사람이 되지 말자

이제 겨우 아픔을 잊어가려
정신없는 삶을 만들어 가슴을 도려내고 있는데……

다시 되살아나는 아픈 통증이 시작 되려 해
네 아픔이 느껴져 숨 쉴 수가 없어

슬퍼하지 말자
행복했던 기억이 더 많았으니까
기쁨 가득했던 기억이 더 많았으니까

왜 그리 슬픈 노래만 듣는 거니
왜 그리 아픈 기억만 꺼내 보는 거니

어쩔 수 없는 선택이었을 뿐이었는데
내게 주려던 아픔이 아니었던 걸 아는데……

충분히 고마웠다
슬픔의 기억에 갇히지 말자
제발 영원히 슬픈 사람이 되지 말자
다 괜찮아지니까, 이젠 잊어버리자!

그대가 아파하지 않도록

슬픈 이슬비가 소리 없이 내리는 그대 가슴에
별무리의 고요한 빛을 한아름 선물하고 싶다

그 빛으로 하여 그대가 맺혀낸 슬픈 이슬방울이
영롱하고 고운 빛으로 빛나게 하고 싶다

잠 못 이룬 듯 충혈의 눈물이 흐르는 그대 두 눈에
봄바람으로 불어가 그 눈물 닦아주고 싶다

따신 봄바람에 그대가 차갑게 흘려낸 그 눈물이
아픔의 흔적으로 남아나지 않도록 하고 싶다

맘으로 쉬는 아픔의 숨결
가슴이 막혀 쉬어내지 못하는 아픈 숨
향긋한 들꽃의 향기로 평온의 호흡을 주고 싶다

달큼한 들꽃향기로 그대가 쉬어내는 고통의 숨결에
온통 아름답게 찾아드는 고운 숨결을 주고 싶다

그대가 아파하지 않도록 모든 걸 내어주고 싶다
그대가 아파하지 않도록 나도 아프지 않고 싶다
나도 아프고 싶지 않다
그런데 아파 죽겠다!

석양의 아이

방파제 끝자락에 걸쳐 쓸쓸함으로 앉아
노래를 부르는 작은 아이가 있었다
해가 저물어가는 시간쯤
어김없이 방파제 끝자락으로 밀려오는
파도 끝 하얀 거품을 바라보던 아이
물거품처럼 부서지는 파도소리를 담아
검붉어가는 노을의 바다를 향해
노래를 하기 시작했다
어둠이 지치는 시각쯤 검붉은 석양이
수줍은 볼살을 감추어 버릴 때까지
손 닿을 듯 가까워 보이지만 잡을 수 없었던
바다 끝자락부터 밀려오는 어둠은
바다를 등지는 아이의 발걸음을 만든다
바다의 품속에서 그물 내리는
어미 아비 품을 두고
아이는 집으로 발걸음을 돌린다

아이가 사랑한 바다 끝자락

석양의 돌아서는 오늘을

그리고……

내일 아침 뭍으로 나가는 물길을 가르는

희망 품은 노래를 하던 석양의 아이는

눈물 한 방울을 바다의 품에 떨구어 내고는

새벽녘까지 텅 비어있을 집으로 향한다

신의 면죄부는 과연 모든 죄를 용서할 수 있을까?

다양한 형태의 종교들이 많은 세상이다. 인간이 믿는 신이란 단 하나, 유일하게 존재하는 유일신. 하나님 또는 하느님이라 불리우는 마음으로 보는 의존 존재이다. 부처, 예수…… 신이 인간세계로 보내온 성스런 능력자들이 세상에 잠시 머물렀을 때에, 인간의 사악한 죄를 대신하여 고행의 길을 걷다가 다시 신의 세계로 돌아간 대표적인 성자들이다. 믿음에 따라서 따르는 신의 성자가 다를 뿐, 신은 인간과의 교류를 돕는 성스런 능력자들을 통해, 선한 규율을 인간 세상에 선물로 보내왔다.

각각의 종교에서 내세우는 선한 규율! 공통적으로 인간 세상에 주는 가르침의 규율은 '선'이란 착한 삶과 궁극의 '사랑'이라는 명제였다. 그런데? 죄를 지은 사람에게 기도를 통한 면죄부 같은 기도의 규율도 주어지더라. 멋진 규율. 죄짓고 기도하면 용서받는 멋진 규율. 사는 동안 거짓말 등 사소한 죄부터 시작해서 살생, 강간, 도적의 행위, 불효, 탐욕 등 수많은 악의 본심을 드러내는 못된 근성의 생명이 다름이 아닌 사람이 아닌가 한다. 수많은 불결한 죄와 함께 삶을 부비고 살아가는 사람. 죄짓고 용서를 구하면 용서가 되고 영원한 면죄부를 받을 수 있는 것인가. 죄짓고 반성의 기도를 해서 면죄 받고 또다시 죄짓고 반성의 기도를 하고. 물론 반성조차하지 않는 추악한 사람도 있다. 실수 같은 작은 죄부터 중대한 죄에 이르기까지 사람이기에 우리 모두는 죄를 지으며 살아간다. 그러나 면죄부가 주어진 반성의 기도를 통해 진실의 눈물로 뉘우치는 사람이라면 같은 실수를 또다시 반복하지는 않을 것이다. 실수와 상처의 말들이나 행동을 하는 나 역시 죄짓는 인생은 다를 바 없다. 면죄부를 신에게 선물 받은 신의 사람들이지만 유일하게 모든 능력을 가지고 계신 그 분은, 같은 실수와 죄를 여러 번 범하고 반성의 기도를 버릇처럼 하는 사람을 정말 깨끗하게 용서 하실까?

글쎄다. 다양한 종교가 공통적으로 주장하는 착한 삶을 위해 지키라는 신이 내린 선한 규율. 분명 완벽하게 지킬 수는 없겠다! 그러나 한 번 경험했던 마음의 오차로 지은 죄 같은 죄를 두 번은 짓지 말아야 하지 않겠나?

'신이시여, 세상사 뜻대로 되지 않음에 지은 나의 죄를 용서하여 주시옵고, 다시는 악의 유혹에 물들지 않게 하옵시며, 죄 많은 나를 대신하여 고행의 길을 마다하지 않은 당신의 아들에게 진심의 눈물로 죄 사함

을 고하나니 부디 내 죄를 용서하여 주시옵소서……'

반성의 기도와 눈물 그리고 또다시 짓는 반복의 죄! 신의 면죄부는 과연 모든 죄를 용서할 수 있을까?

침묵의 소리

침묵
아무것도 들리지 않는 고요함 속에서
들려오는 마음으로 부르짖는 소리가
평온함과 함께하는 마음의 소리라면
평온의 고요한 소리가 들려올 것이고
마음이 내는 소리가
고통과 함께하는 통증의 소리라면
심장을 쥐어짜는 아픔의 소리로 들려 올 것이다

마음을 평화로이 바로잡는 일이 힘겨움은
보이는 모든 것들을 갖고자 하는 눈과
마음의 허욕에서 비롯 된다하더라

고요함의, 소리 없는 공간에서의 지금 나의 외침은
부질없는 욕심을 비워 내고자하는
평온을 준비하는 마음의 소리

하루살이

흐르는 시간의 거만함에 시들고 풍파에 시들고 하루살이가 하루를 다 산 연후에 다시 돌아갈 때는 무슨 생각을 하려나요. 하루가 세상살이 넋을 놓을 만큼 재미있고 아름다웠다고 말했을까요? 아님 하루가 너무 고단하고 힘들었다고? 그것도 아니면 하루를 살아가다 보니 별일이 다 많더라고 그랬을까요? 하루의 생을 어떻게 마무리 했을지는 하루를 살다간 그들만 알 수 있었겠지요. 하루를 살다 가지만 그 나름 고통과 인내도 있었을 것이고, 배고픔의 아픔도 있었을 것이고, 나름 아름답다고 느끼는 사랑도 했을 터인데,그 몇 만 배를 살아가는 그대와 나의 삶 속에 별일이 다 많겠죠. 아픔과 고통 속에서 인내라는 것을 배우고, 풍파 속에서 세상의 이치와 어울려 살아가는 법을 배우고, 배고픔 속에서 풍요의 중요함도 알게 되겠죠. 고독하고 외로움 속에서 사랑이 필요함도 느끼고, 돈과의 싸움 속에서 비워낼 줄 아는 마음도 배우겠죠.

얼마나 더 많은 것을 배우고 익혀야 생의 마지막 날 별의별 일 많았다 하며, 한번쯤 쓴웃음을 짓게 되는 것일까요? 하루살이의 시간, 그네들 몇 만 곱절만큼 주어진 그대와 나의 소중한 비밀의 나머지 시간들, 소중함으로 쓰여지는 하루가 되길 바라는 마음으로 하루의 문을 열어봅니다. 활짝!

내 오랜 친구에게

어둠이 온다는 것은 또 다른 아침이 밝아온다는 의미임을 잊지 말자! 칠순이 다 되가시는 나이의 내 어머니는 아직도 가끔 물끄러미 내 얼굴을 바라보신다. 내 얼굴에 약간의 근심이라도 보일라치면 한마디 하시는 말씀.

"어디 아픈 게야? 아픈 거 같은데 빨리 병원 가보자"

"엄마 나 안 아파 그냥 좀 피곤해서 그래요. 걱정하지 마요. 엄마."

금방 알아버리신다. 다 큰 딸내미가 어디가 아픈 것인지 마음이 아픈 것인지 몸이 아픈 것인지…… 마음이 아파 운다는 것도 알고 계시면서 부러 병원가자는 말로 대신하신다. 아파하지마라는 의미에서 일 것이다.

주섬주섬 외출 준비를 하시면서 한마디 하신다.

"어두워졌다. 한숨 자고 나면 내일 아침엔 해가 밝게 뜰 거란다. 어여 한숨 푹 자거라."

살면서 내 아픔만이 가장 뼈저린 아픔이라 생각하고, 살면서 나만 행복하면 된다고 생각했던 적이 많았던 이기적인 나였던 거 같다. 가끔씩 마음에 드리운 구름이 밝은 하늘을 가린다.

비 내리는 짙은 회색빛 구름이 밝은 태양을 가린다. 나만 아프지는 않을 진데 항상 혼자 아프다는 생각이 드는 건 이기적인 내 생각에서부터 이겠지만 아직은내 아픔이 제일 크고 아플 거란 생각에 머문다. 어제는 아프다고 호소하는 오래된 친구의 말에도 귀찮음을 내비추어 버리고 말았다. 그러지 말았어야 했는데…… 참 못된 내 이기심으로 귀찮음을 드러내 버렸다. 들어줬어야 했는데, 다독거리고 위로해 주었어야 했는데 말이다. 미안한 마음에 가끔 들려주신던 내 어머니의 말씀을 내 오랜 친구에게 들려주고 싶다. 그래서 간단히 문자한다.

'미안하다, 내 오랜 친구야. 우리 함께 힘내자! 어둠이 온다는 것은 또 다른 아침이 밝아온다는 의미임을 잊지 말자.'

절대! 아픔진입 금지 구역

묻혀버린 시간들
가끔씩 존재했던 좌절과 실패
힘겨움과 지쳐가는 마음이 얼룩졌던
짙은 어둠의 시간들은 모두
이제부터 진입금지 시켜 버리려구요

서러운 삶의 상처로
심하게 아파오던 가슴앓이 흔적들을
간직한 세월이야기 마저도
이제부터 진입금지 시켜 버리려구요

다가서는 시간들
트이는 마음으로 시원스레 걸어가게 될
잘 닦여진 길 위에 발자국을
이제부터 용기 내어 남겨 보자구요

아무리 남은 시간들이
축박할 거라는 생각들을 한다 해도
부정만 하기에는 아깝기만한 삶
이제부터 힘을 내어 걸어 보자구요

지금 이 순간부터요
살아감의 발자국이
선명히 자리하게 될 내 마음의 문
안쪽 구역은
절대! 아픔진입 금지 구역으로 지정합니다
절대! 아픔진입 금지 구역!